易変為一

宗守

今しかおへん

篆刻の家「鮟鱇屈」

川浪春香

編集工房ノア

今しかおへん――篆刻の家「鮟鱇屈」　目次

稽古照今

題字・印影　水野　恵（鮟《あん》鱇《こう》屈《くつ》主）
カバー・扉絵　中村帆蓬
装幀　森本良成

今しかおへん

——篆刻の家「鮟鱇屈」

歩

あんパン

「そうどす。水野栄次郎はボクの祖父どす。昭和十八年に六十八歳で亡くなりましたが、実に飄々《ひょうひょう》とした爺さんどしたな。晩年は、一乗寺やら糺ノ森《ただすのもり》やら、あちこちよう散歩に連れていってもらいました。ボクの小学校三、四年頃やったと思います」

篆刻家の水野恵《けい》が京ことばで語り出した。

いつものとおりの、京都は中京《なかぎょう》の男ことばである。

「爺さんは痩せぎすで、背ぇはあれで五尺四、五寸もありましたやろか。とにかく、細かいことをぐちゃぐちゃ言うのは嫌いな性分どしたな。孫からみても、大らかな人やなぁと思うてました」

あるとき散歩の途中、川を渡った先が農家の裏庭に続いていた。ほかに道はない。栄次郎は迂回もせず、そのまま家の土間を突っ切って、するりと玄関に出てしまったという。幸い家人は畑に出ていたらしく無人だったが、後ろをついていく恵は冷や冷やものだった。

「爺ちゃん、今のは他人《ひと》の家やったんやないか？　と訊《たず》ねても、そうか、と淡々としてました。面白い人どす」

当時いくら長閑《のどか》だとはいえ、無断で他人の家の中を通り抜けるのには度胸がいるのではないか。

あまりにも堂々としているので、なんだかわからぬままに恵は納得させられてしまった。

「もひとつ、可笑《おか》しなことがありました。円山公園を歩いていて、屋台店で売っていたあんパンを見た時のことどす」

明治初年に、神仏分離令で京都東山の祇園社は八坂神社と改称させられていた。寺領の院坊はすべて没収、その広大な空き地が円山公園として完成していた。

噴水や遊歩道も珍しく、昭和になると観光の人出を当て込んで、屋台店が軒をつらねていた。日に焼けた赤や黄色の旗が、風にはためいている。アルミニウムの蓋《ふた》を被《かぶ》せた波型のガラスケースには、菓子やら煎餅《せんべい》やらあんパンなどが入れて並べてあった。

栄次郎はつかつかと寄って行くと、そのあんパンを指さして、

「半分売ってくれませんか」

と頼んだという。

「なんで半分なのかがよう分かりまへん。もちろん店かて、そんな半分なんか売るわけもありまへんやろ。断られるに決まってますがな」

店員に首を振られると、そうですか、では仕方がありませんねと呟き、栄次郎はあんパンをひとつ買ったそうである。

「そのとき一回切りかと思《おも》たら、あちこちで、同じことをやるんどす、そういう店を見かけたら。大人なら分かりそうなもんやのに、どうしてこんなことをするのやろ。子どものボクが考えても可笑しいし、恥ずかしい出来事どしたな。いま思い出してもなんでやったんか、首をかしげてしまいます」

○

水野栄次郎が金沢から京都に向かったのは、明治十九年（一八八六）の春のことだった。

越前敦賀から今津を過ぎると、海かと思うほどの琵琶湖に目を奪われた。この先にどんな世界があるのだろう。期待で胸が膨らんでゆく。柔和なお顔の志賀の大仏に手を合わせ、志賀越に差しかかると都はもうすぐそこである。比叡おろしの風は冷たく、思わず襟を掻き合わせたものだ。

やがて吉田山の神楽岡《かぐらおか》に出たのは昼下がりだった。神社の境内の桜は五分咲きで、花の雲が陽の光に輝いて見える。これが噂に聞いた京の都か。栄次郎は瞬《また》きひとつせず見つめていた。どれもがまばゆく感じられる。

と、後ろから、いきなりガラガラと音を立てて近づくものがあった。

「ごめんやっしゃ、危《あぶ》のおっせ」

と、荷車の親玉のような乗り物が栄次郎を追い越して行く。

錦絵で知ってはいたが、初めて見る人力車だった。ほう、とため息をついた。

人混みも金沢とは比べ物にならない。第一、身形《みなり》が違う。老人や子どもまで羽織を着ている。しかも上物《じょうもの》の下駄を履き、一様に傘を持っていた。その傘が、いつもの見慣れたものではなかった。

（番傘やないな。蛇の目でもない）

すると、あれが話に聞いた舶来の蝙蝠傘《こうもりがさ》というものなのだろうか。

左見右見《とみこうみ》するたびに、疲れで肩が重くなった。とぼとぼ歩くと大きな川が見えた。どうやらあれが名高い賀茂川のようである。

栄次郎は十二歳だった。家伝来の一振りの短刀と先祖の過去帖が包まれた背中の風呂敷が、ずしりと重く感じられる。懐には母が縫ってくれた胴巻きに一円札が二枚。首からかけた財布には、なけなしの一銭銅貨が数えるくらいしか残っていない。

いや、国許《くにもと》を出る時に、母はかなりの金を持たせてくれたのである。けれども、旅の途中の船賃や旅籠銭《はたごせん》の出費が嵩《かさ》み、瞬く間に消えてしまった。街道の食い物屋には、目が剝《む》くほど毟《むし》り取られる。

それにまた、草鞋《わらじ》が粗悪品でよく切れた。子どもと見くびって、撥物《はねもの》を売りつけたのかもしれない。

「爪に火をともすように貯めたのに」

全く、遣《つか》いかけるとあっという間である。

金は三欠《さんか》くに貯《た》まるという諺《ことわざ》もあるが、御一新で禄を失った武士は、義理や人情や交際《つきあい》を欠いたところで身を立てることは難しかった。

水野の家は加賀前田家の藩士である。父を失った後に、京へ上ればいくらでも身過《みす》ぎ世過《よす》ぎができるという噂を聞き、栄次郎は少年らしい志を抱いて金沢を出た。出るには出たが、頼みの綱の金が無くなるのには驚いたものだ。

「こんなに早いもんか。ほんまにお足と言われるとおりやな」

その言葉どおりの早さで有り金は見る見る消えていき、残ったのは二円五十銭あまり。胴巻きはたちまちぺしゃんこになった。栄次郎は心細くため息をつく。

（これで、京の口入屋にたどりつけなかったら、どないしょ）

首から紐でかけた財布を、ぐいと胸元に押し込んで唇を噛みしめた。

（よし。こうなったら、飲まず喰わずでいかなあかん）

と決心したものだ。

川端を歩いていくと、「めしや」の看板が目に突き刺さったが、これ以上手持ちの銭を減らすわけにはいかない。気を紛らせるために、辛抱辛抱蘇婆訶《そわか》と唱えてみた。するといくらか増しのようにも思える。井戸水や湧き水をすすって空腹のまま、よたよたと歩き続けた。

「あの、此処《ここ》へはどう行きますのやろ」

三条小橋の口入屋を探すのにも骨が折れた。所書《ところがき》の紙を見せると、街の人は親切に教えてくれるのだが、金沢と違って言葉の意味がよく分からない。

「もすこしお下がりやす」

下がるというのなら坂道かと思うのだが、そんなものはない。上がるが北へ行く、下がるが南へ行くとは、あとで京都に住まいしてから分かったことだった。わからぬままに橋を渡ると、空腹で目まいがした。

「北はどっちの方角どすやろ」

「あんたさんは今、南に背中をむけたはります。右手に見えるのんが如意ケ岳《にょいがたけ》、左手は愛宕山どすがな」

さんざん歩き廻って、へたり込んだのは鴨川沿いの土手だった。まだ風が寒いのに、川に浸《つ》かって四つ手網で魚をすくう人がいる。人足が丸太を積んだ荷車を引いて行った。

ふと気がつくと、床几《しょうぎ》に腰を据えた初老の男がなにやら絵筆を動かしている。絹物に仙台平《せんだいひら》の袴、黒繻子《くろしゅす》の足袋という恰好で、顎《あご》の口髭はいかにも見映《みば》えがした。すでに陽は傾きかかっていたが、男は画板に大きな紙を広げて、ひそひそと目の前の桜を描いていた。

（大家《たいけ》の旦那みたいやけど、絵描きさんかしらん）

金沢でもこんな光景は見たことがない。栄次郎は物珍しさも手伝って、身体を乗り出した。首をのばし爪先立って絵を覗くと、ギロリと睨まれた。ひや、と背中がすくむほどの恐ろしい気合である。

男の殺気《さっき》に呑まれて、栄次郎は一、二歩あとずさった。

「すんまへん」

立て続けに二度も頭を下げて謝った。

やれやれ。道は分からない、人には睨まれる。どうも京の都は勝手が違って、恐ろしい所のようだ。しかし今ちらりと見た桜の絵は、瞼の裏に焼きついている。

墨一色なのに、枝ぶりの具合といい花びらの可憐さといい、まるで色あるものの如くに胸に迫ってくる。

さらに、花の横に描かれた一本の孔雀《くじゃく》の羽が印象的だった。

そういえば、小学校で習った読本《とくほん》の一冊に「商賣絵字引」というものがあった。

第十章の鳥獣草花の部で、孔雀は唐土《もろこし》の鳥と載っていたことを思い出す。

（へえ、ほんまもんみたいや）

絵のことは全く分からないのに、何か極上の宝を垣間見た気がした。

栄次郎は首をうなだれて、また草の上に坐り込んだ。歩きずくめだったので、うとうとしていたらしい。

「お守りさん、いかがどす。厄除《やくよ》けのお守りどっせ。火難、水難、嬰児《やや》の背守り、お受けなされませ。お守りをうけて厄をお祓《はら》いなされませ」

「お千代紙どうどすぅ。手描きの京千代紙ごらん下さりましょう」

「あんパン、どうどす」

少女の声で目がさめた。

顔を上げると、橋の袂《たもと》には、様々な物売りの店が並んでいる。耳に快い唄詞だった。

「あんパン、ジャムパン、どうどすえ」

黄色い声が続いた。

木の香も新しい屋台店が軒を連ねている。金沢では見たこともないような菓子が瀬戸物皿や竹の皮の上に並んでいた。

ふらふらと覗き込むと、前ビラの、

「あんパン一銭、ジャムパン二銭」

という文字が風に揺れている。

栄次郎は背中の風呂敷包みを揺り上げた。えも言われぬよい匂いが鼻を打った。

(美味《うま》そうやけど、これはなんやろ)

思わず唾液《つば》を呑み込む。

これ以上、銭は使わないと決心したことも忘れている。

(喰《く》うてみようか。そやけど、あんなに小さいものが一銭やて？　蕎麦《そば》なら五厘《ごりん》も出したら一枚喰えるはずやが)

栄次郎は首を振った。腹が、またぐぐっと鳴る。

「そこの丁稚《でっち》はん、ひとつどうどす。おいしおすえ」

栄次郎と同じくらいの年恰好の少女が、絣《かすり》の着物に赤前垂れをしめて微笑んでいた。ふっくらとした頰には赤みがさして、目鼻だちが眩しいくらいに初々しい。思わずどぎまぎして前こごみになった。

(やっぱり都は違うなあ。こんな道端の物売りでも、吃驚《おどろ》くような別嬪《べっぴん》さんがいやはる)

感嘆しつつも、腹の空いた我が身が一入《ひとしお》情けなく感じられる。

しかしここで田舎者に見られるのは嫌だった。さも当たり前の顔をして訊《き》いてみた。

「あんパンて、どんなものどす」

「へえ、お饅頭《まんじゅう》みたいなもんで、中にこし餡《あん》を入れて、パン種で包んで蒸したはりますにゃわ」

「パン種？」

栄次郎にはさっぱりわからないが、少女はゆっくり説き明かしてくれる。

「ここにおへそが見えますやろ。奈良の吉野山から取り寄せた八重桜の塩漬けが入れてあるのどす。甘うてしょっぽうて、毎日食べても飽きしまへん。うちもお八つにしてますけど、なんとも言えん美味しさどすわ」

噛んで含めるように言って、くすくすと笑った。声にはアクがなく、えくぼがなんとも愛らしい。

「これを毎日？」

驚いた。体裁を取り繕う余裕もなく、目を剝いたまま声を上げた。

「ひえー、魂消《たまげ》たァ。こんな、贅沢《ぜいたく》なものを毎日食べたはりますのか。ふうん」

京の都とはやはり生き馬の目を抜くところらしかった。しかし、女の笑顔の誘惑には勝てそうもない。

(それならいっぺん清水《きよみず》の舞台から飛び降りたつもりで、喰うてみようか)

よし、と思った矢先、のけのけとばかりに割り込む者がある。

髭《ひげ》の剃《そ》りあとの青い男が顔を出して、ぽんと手を叩いた。山高帽子に絹物をぞろりと着ているところをみると、仲買人なのかもしれない。

「思い出した、これやこれや。日出《ひので》新聞に載ってた品《もん》やろ。元老院の山岡鉄舟が天皇さんに献上したところ、えらいお気に召されたちゅうあんパン」

大声を上げる。

少女は味方を得たように大きく頷《うなず》いた。

「そうどす、天皇さんだけやのうて、勿体《もったい》なくも皇后の美子《はるこ》さんも沢山お買い上げしてくれはったそうどす」

「それが一銭なら安いもんや。五つ買《こ》うていこう、包んでや」

「おおきに、ありがとさんでございます」

たちまち人だかりが出来た。栄次郎はただ茫然《ぼうぜん》とながめている。

潮が引いたようにその人波が去ると、竹の皮に残ったのは、ひとつのあんパンだった。

じっと見つめてから、栄次郎は顔を上げた。

「やっぱりやめとこ。わしはまだ丁稚にもなってへんし、とてもこんな高いもんが食べられる身分やない。けど、一所懸命働いて、きっとここに買いによせてもらいます」

噛みしめるように言った。赤前垂れの少女はあたりを見回すと、小声でささやいた。

「あんなへぇ、誰にも言うたらあきまへんえ。毎日食べる言うたんは嘘どす」

恥ずかしそうに、くすりと笑う。

「あの、ほんまワな。うちも、まだ食べたことあらしまへん。けど食べたような顔して売らなあかん、て番頭はんにきつう言われてますにやわ。これ内緒どっせ」

(へえ、そやったのか)

栄次郎は正直な少女の言葉に息を呑んだ。

まっすぐな眸《ひとみ》を見つめ返すと、少女は赤前垂れを結び直して続ける。

「一銭あったらもっとお腹のふくれるもんを食べたらよろし。待ってますえ。お仕事おきばりやす」

はにかみながら言った。

いつの間にか、二人のやりとりを聞いている男がいた。

後ろの影がぴたりと足を止めた。

「もうこれ一つしかないのんか」

さっきから桜の絵を描いていた男である。懐をさぐって、一銭を取り出す。残ったあんパンを摑むと素早く半分に割って、

「さあ」

と栄次郎と少女に押しつけた。

そのまま、画板を持ってスタスタと橋を渡って行った。川面《かわも》は薄い春陽が消えて、水の流れは鳥の影も紛れる黄昏《たそがれ》色一色だった。愛宕山にかかる雲には夕映えが輝き始めている。

「あれはどなたですやろ」

栄次郎があんパンを片手に茫然としていると、横のお守り売りの老人が口を挟んだ。

「知らんか？　えらい絵描きさんやで」

「何というお名前の」

「たしか、今尾景年《いまおけいねん》はんちゅうたかいな。このあたりでよう描いてはるお方どす。そやそや、去年の博覧会で孔雀の絵を出したはったわ。いま思い出した」

景年は弘化二年（一八四五）、二条衣棚に生まれている。明治十八年（一八八五）に奈良博覧会で「生々百物図」が一等金牌に輝き、日本画壇で不動の地位を固めていた。円山四条派から続く京都画壇の旗手として、装飾的花鳥画に精緻を極めた描写を残している。

景年は自ら使用する落款《らっかん》印に関心を示し、佳印を求め続けた画家としても知られている。

書画の作品が一流であるなら、そこに鈐《お》された印章が二流三流であってはならない。落款印ひとつで書画の品位や優劣が決まるとさえ明言した。

景年没後の昭和五年（一九三〇）に、遺印を蒐めた「養素斎印譜《ようそさいいんぷ》」が完成した。原鈐印譜《げんけんいんぷ》の至宝といわれる富岡鉄斎の「無量寿仏堂印譜《むりょうじゅぶつどういんぷ》」を仕立てた、同じ鈐者五人の手で生まれたものである。

その中の一人に、栄次郎の息子の水野東洞《とうどう》がいた、というのは後日談。

「へえ、あのお人が、今尾景年さん」

少女も思わぬ成り行きに、目をぱちぱちとさせた。

二人は顔を見合わせて、あんパンを押し戴く。それからおずおずと齧《かじ》り始めた。

うまい。涙が出るほどうまく、餡はとろけるように甘かった。

(これが京の味か)

栄次郎は不安と期待をないまぜにしながら、それでも胸の先に一つの灯がともったような喜びを感じていた。

眼如耳

徒弟奉公

佐野屋という口入屋の主人は、ばかに愛想がよかった。さすがに京の商人《あきんど》らしく、子どもにまでも丁寧な客あしらいで、優しく手招きする。黄色い歯をむきだしにして、

「さ、さ。遠慮せんとお入りやす」

を連発した。

栄次郎の埃だらけの姿に嫌な顔も見せない。

「お国は金沢どすか。ほしたら加賀前田百万石のお殿様どすな。あこではえらい沢山《たんと》、稀《き》覯本《こうぼん》やら書画骨董などを蒐《あつ》めたはったそうで、あれは御一新《ごいっしん》でどうおしやしたか。ま、それはどうでもよろし」

主人は文机の上にあった手控えのようなものを広げた。繰《くり》出《だ》し帖である。

愛想は好いものの、いかにも人の値踏みをする商人らしく、油断のならぬ目をして

いる。奉公人請状をざっと斜め読みすると、軽く頷いた。

栄次郎が身構えると、

「ほたら、お望みの職種は何どす。ゆうとぉみやす」

と筆をとりあげた。

栄次郎の顔をじろじろ眺めつつ、何やら書き留めている。

（ああそうか。こんなとこで遠慮している場合ではないのか）

栄次郎は、まずおのれを売り込まねばならないことに気がついた。

「なんでもやらしてもらいます。もう路銀《ろぎん》も使い果たしましたし、とにかく選り好みはいたしません。たとえ辛《つろ》うても、これでも元は武士どす。どんな辛抱でもいたします」

「おおそれそれ、元はお武家様というのが、一番やりにくおす、かないまへんわ。ほんまに今まで、どれだけ泣かされてきたか。ははは。おや、これはつい口が滑りました。かんにんしとぉくれやす。ほいで、何ぞ得手《えて》とする技はござりますのやろか」

「得手？」

いきなり言われても栄次郎の頭に浮かぶものはない。

「そんなら、台湾はどうどす」

日本政府は明治七年の台湾出兵後、この農林資源の豊かな国を虎視《こし》していた。茶、砂糖、樟脳などの輸出が増加していたので、地元での働き口は引く手あまたなのだという。

「台湾へ行かはったらよろしおす。お見受けしたところ敏捷そうなお身体やし、走り遣いもシャキシャキ出来ますやろ。今ここにひとつ来てる口が、なかなかお手当てもよろし。台湾は京と違うて、底冷えものォてほんまによろしおす。住み心地は極楽。そらァ、行かはったら帰ることを忘れますわ」

住み心地は極楽、帰ることを忘れるどころではなかった。

船酔いに苦しめられて台湾にたどりついたものの、気候や食べ物が全く身体に合わなかった。

おまけにデング熱にかかり、頭髪がすっかり抜け落ちてしまう。栄次郎は口入屋の仲人口にひっかかったのである。

ほうほうの体で帰って来たのは、一年後の葉桜の頃だった。

着の身着のまま、また佐野屋の前に立っていた。

「これはまあ、水野はん？　すっかりお見それしてしもて。ご病気をされて台湾坊主《はげ》とは、お気の毒な」

「なにしろ、もう後がありません。後生一生、何でも辛抱いたしますから、この京で働き口をなんとかお願いしたい。丁稚からでもお頼申します」

「ええと、水野はんはもう十四どしたな。丁稚いうたら十歳くらいから仕込まななりまへん。ちょっと薹《とう》が立ち過ぎてます。あかしまへんのや」

「そこをなんとか」

「ううむ。むずかしなぁ」

仕事の繰出し帖をぱらぱらとめくっていた佐野屋は、お、これこれと指をさす。

「どやろなァ、うん。ま、いけますやろ。そやけど水野はん、まさか無筆《むひつ》ということはありまへんやろ。元お侍はんどしたら筆でさらさらと、楷書くらいは」

「できます、是非ともそれを」

文字を書くことなら、お手の物だった。誰にも引けを取らないくらいの自信はある。

それには訳があった。

栄次郎が十歳の頃、全国的にコレラが大流行した。関西を中心に瞬く間に広がり、金沢でもかなりの死者が出た。

水野家でも家族が罹患《りかん》したため医者のかかりも大きく、家禄奉還の一時金は、旬日《じゅんじつ》を経《へ》ずして消えた。

元同僚の多くも、赤貧洗うが如き生活で、いつの間にか逐電《ちくでん》していく。

「夜逃げ」などという物騒な言葉もこの頃の流行だったが、元士族という誇りもある。背に腹は換えられぬと、父の八左衛門は、伝来の茶道具、食器、衣類など、ことごとく売り払う算段をした。

(仕方がない)

節季を前に、これだけはと残しておいた謡本や能管、大鼓、小鼓などを道具屋に持ち込むことになった。

城下町の金沢では、加賀宝生《ほうしょう》という言葉があるように、町を挙げて能楽が盛んだった。五代藩主前田綱紀《つなのり》の時代に、藩内の能楽を宝生流で統一して奨励したためである。

武士だけではなく、町人や大工、左官や染物屋、桶屋《おけや》にいたるまで謡のたしなみがあった。屋根を葺《ふ》きながら、瓦《かわら》職人が「羽衣」などを謡うため、「天から謡が降る町」と言われたほどである。

水野家でも節句や婚礼ごとに、父の八左衛門が独吟や仕舞を披露した。その朗々たる声は藩内でも頻伽《びんが》と評され、母の小鼓の腕前は玄人はだしだった。

「お願いでございます。道具屋へ売り払う前に、この謡本を二三日、見せていただけませんか」

何を思ったのか、栄次郎は父の前に手をついた。

「わたくし、是非ともこの臨書《りんしょ》をしたいと思いまして」

「それはよいが、この宝生流の曲目は百八十番もあるぞ」

「すべてとは参りませんが、幸い稽古用の薄墨紙が、ここに十帖ばかり残っております。せめて何曲か、主立ったところを写しとうございます」

いったい宝生流の謡本の文字は、他流に比べて雅びなことで知られている。

執筆したのは一橋家の祐筆、信夫《しのぶ》顕祖《あきもと》という儒学者だった。

宝生流二百十番を一橋藩の官板として刊行するために精魂を傾け、儒者文人というよりは、むしろ能筆家として世に聞こえていた。

書風は弘法大師空海を始祖とし、その名を大師流といった。

この種の書は万人むけとは言い条《じょう》、信夫の手にはわずかに癖がある。そこを賞玩する人が少なくなかった。

筆尖《ひっせん》の切れ味が魅力で、題簽《だいせん》の優雅さに見とれて謡本を繰ると、やや誇張した文字が目に飛び込んでくる。

起筆《きひつ》、転折《てんせつ》、撥《は》ね、払い、終筆《しゅうひつ》が見事に整っていた。堅過ぎず、柔らか過ぎず、字画の隅々まで緊張感が漂っている。これは軽味と重厚を含む、王羲之《おうぎし》の書法を基《もとい》としているからかもしれない。

栄次郎は幼いころからこの謡本に愛着があった。文字が読めない幼いころでも、ひたすら一葉一葉を繰ったものだ。手習いを始めてから、手本よりはこの文字を臨模《りんも》することを好んだ。

栄次郎はまず、鶴亀、羽衣、土蜘蛛と、わりあい短いものから書写し始めた。最初は言葉に気をとられていたが、竹生島、橋弁慶、紅葉狩と進むうちに、文字の形容の面白さに惹付けられていく。褒められると益々筆が進んだ。

「この年齢《とし》でこれほどの筆の運びをするとは。堂に入ったものだ」

八左衛門も我が子の才に肝を潰した。こういう切羽詰まった事態がなければ、あるいは気がつかなかったかもしれない。

栄次郎はほとんど不眠不休で書写した。

「できた」

夜のしらしら明けの頃、四十五曲の臨書が仕上がる。父も母も手にとって眺めては、感嘆の声を上げた。

「よく書けてる。これはなかなかのものだ」

「ほんとうに、未だに信じられません。子どもの手とは思えません。目頭が熱くなりました」

親の欲目ではある。

とにかく栄次郎はこれだけの数を写しおおせたことを喜んだ。

栄次郎にしてみれば、見慣れた謡本と別れる辛さを埋めただけのような気がする。

しかし、筆が動くに連れて、苦しさより胸の高鳴りを覚えた。かつてない経験だった。

あの出来事を一人で潜り抜けたことで、栄次郎は手が一段と上達したと思っている。

「ほんなら、この福田印判所で決りどすな。出来れば能筆の人という付箋《ふせん》がついてました。へえ、判子屋はんどす」

口入屋の声で我に返った。

いきなりだったので、面喰った。栄次郎は問い直したものだ。

「判子屋さん？」

「印形《いんぎょう》どす。石やら黄楊《つげ》の木ぃやら象牙、あとはなんやったか。ああ、水晶やら水牛の角なんぞをこつこつ彫りますのやろな。知らんけど」

佐野屋は算盤に顎を乗せた。

そんな職種は初めて聞いたが、こうなれば乾坤一擲《けんこんいってき》、伸《の》るか反《そ》るか思い切って骰子《さい》を振るしかない。栄次郎は無二無三《むにむさん》に頷いた。もう立ち上がっている。

「あ、そないに、あわてんとちょっと待っとおくれやす。いま行き先とあんじょう手紙を書きますさかい」

文机の上に算盤を、とんと置いた。

佐野屋の書いた地図は、的確で分かりやすかった。

京都の街は碁盤の目になっている。南北と東西の道の名を覚えると、童でも迷子にならずに、目指すところに行くことができる。

上京区竹屋町油小路東入ル。近くの釜座通や指物町という名前が示すとおり、このあたりは職人の家並が櫛比《しっぴ》していた。

日差しが、もう目に眩しいくらいだった。

ふと四つ辻で立ち止まると、向こうから網代笠《あじろがさ》に錫 杖《しゃくじょう》を持った托鉢僧《たくはつそう》が、

「おー」

と声を上げながらやって来る。

間に子どもを挟んだ八人の修行僧とすれちがった。初めて目にする都の光景だった。

その子は十歳ほどだろうか。小さいながらも、ちゃんとした僧形で、くたびれた顔をしていたが、数珠を爪繰《つまぐ》りながら必死になって前の僧の後をついて歩いている。

栄次郎は打ちのめされたように、長い間見つめていた。

(あんな小っこい子どもかて、健気に頑張ってるやないか。よし、今に私も)

既に昼近く、陽の光は真上にある。

(後戻《あともど》りはできひん)

栄次郎は唇を嚙みしめて、あたりの町家を見回した。

故郷の金沢で見慣れた家屋は頑丈かもしれないが、庇《ひさし》は浅く板葺屋根はどこかぺら

ぺらしていた。その点、京都はどちらを見ても瀟洒で落ち着いた町家の構えである。

(千年の都か)

磨き込まれたべんがら格子の奥には、間口三間に奥行の深い、俗に鰻の寝床といわれる町家が並んでいた。

吊《つり》看板に「福田印判所」と読めた。

「これやな」

むくり屋根を見上げると、軒下には色褪せた柊《ひいらぎ》の枝がかさかさ音を立てている。

(ほ、節分の厄除けやないか)

ふた月以前のものが未だ始末もされず、そのまま残してあるところをみると、鷹揚《おうよう》というか、なんとなく大雑把な家の有《あ》り様《よう》が見えてくる。

栄次郎はちょっと思案したが、息を整えると細格子を開けた。

「ごめんやす」

肩ごしに風がするりと吹き抜ける。

「口入屋の佐野屋から伺って参りました」

ほの暗い店のなかを透かしたけれども、何も見えない。ただ障子の向こうで声だけがする。

「おお来たか。まあ、上がれ」

親方の福田武造は大柄な男だった。

がらりと戸が開き、畳にどかりと腰をおろすと、床板がぎぎっと音を立てたほどである。

栄次郎が差し出した佐野屋の手紙をくるくる巻き戻すと、長火鉢のお茶をすすり、ふんと鼻を鳴らした。

「お前さん、もとは武士の出だそうだが、やっとうは出来るのかい」

「いえ、撃剣はさっぱり」

本当は筋が良いと道場で褒められたのだが、もう刀の時代ではないことを肌で感じている。

「ふうん、じゃあ筆はどうだい。此処でちょいと試しに、これを書いてみな。この見本どおりにだぜ」

武造は三十がらみの江戸っ子である。若い時分からの上方修行が長いと聞いていたが、京ことばにも染まらず、ぽんぽんした独特の物言いだった。器用な仕事をする職人にはとても見えず、相撲取り崩れか、と思ったほどである。

その親方にいきなり突きつけられたのは、

「奉轉讀大般若経六百軸息災」

などと記された一片の紙切だった。お寺の延命護符であるらしい。

栄次郎は、文机の前でしばらく紙を睨みつけていた。やがて筆と墨を借りると、美濃紙に気合を入れて浄書していった。

書き終えた清書《きよがき》を一目見るなり、魂消《たまげ》た顔をしたのは武造のほうだった。ほじくり出して丸めた鼻くそを、指で弾き飛ばすと、

「へえ、こいつは豪勢な御手並みだ。驚いたネ、どうもどうも。驚き桃の木山椒の木。ふむ、小せえくせにお前、なかなかやるじゃねぇか。恐れ入りました」

と、感に堪えたように言う。これほど手慣れた筆を遣うとは思ってもみなかったのだろう。武造はほくほく顔で頷いた。

「おい、フサ。おい、おっかぁ。ちょっとここへ来てみねぇ」

「なんぞおしたん？」

軋んだ下駄の音がする。

濡れた手を拭きながら、走りもとから顔を出したのがフサという女であるらしい。ぞんざいにおっかぁなどと呼びつけたので、どんな内儀《おかみ》が現れるかと身構えたのだが、意外にふくよかな女だった。

しかし庇髪に派手な銘仙の着物はどうみても品がない。

「いやぁ、これを書いたんどすか。この子ぉが」

と目を剝いたものだ。こちらは綺麗な京ことばだった。

「ふむ、あの佐野屋がさ、この小僧が元加賀前田家の名門の出で、御祐筆《ごゆうひつ》に付き、達筆は請け合うなんて書いてよこしてきたから、またいつもの眉唾《まゆつば》もの、法螺《ほら》話に違えねぇと踏んだが、へ、まんざら嘘でもなさそうだ」

「ほほ、珍しい。千三屋《せんみつや》はんの仲人口《なこうどぐち》も、たまには本当のこともあるのどすな。そやけどこの護符、あんじょー書いたぁる」

フサもべた褒めだった。

「ふふ、まさかここまで出来る奴たぁ思わなかった。こいつはとんだ拾いものかもしれねえぜ」

武造は弾んだ声を上げた。

後で判ったのだが、こういう文字は玄人《くろうと》やその道の書家に頼むと法外な銀子《ぎんす》を取られるのである。

といって註文主からは楷書、行書、草書などのほか、隷書《れいしょ》、篆書《てんしょ》、はたまた歌舞伎の勘亭流や相撲《すもう》文字、寄席文字など、さまざまな依頼があり、腕のない武造はお手上げであった。

しかも、一度でも断ればパタリと仕事は来なくなる。利が薄いのは承知で、いや、それどころか持ち出しも覚悟の上で、もったいないと思いつつシブシブ書家に依頼していた。

書家も人のこととて、日限《ひぎり》までに書いてくれるとはかぎらない。拝み倒したり、日参したり、手間のかかることこの上ないのである。

栄次郎がこれだけ達筆なら、すぐにでも戦力として使えると見当をつけたのだろう。武造がほくそ笑《え》んだのも道理であった。

（やれやれ、これでおちついた）

栄次郎も密かに胸を撫で下ろしてはみたものの、しかし、仕事はこれからが本番である。

旅装を解き、徒弟部屋を与えられてから、板の間に坐った。

八畳ほどの仕事場に、親方を入れて五人の男たちが無言で働いている。

石印をちまちまと彫る者、大判の版木を丸ノミや間透《あいすき》でさらえている者がいる。あたりは、ぴんと絹糸を張ったような緊張感が立ち籠めていた。砥桶《とおけ》で刃物を研いでいた小僧が、尖った目つきで栄次郎の顔を見て通り過ぎる。

鼻の穴が大きくて、いやに色が黒かった。

(同い年かいな)

頭を下げつつ、身の置き所がないまま栄次郎はあたりを見回していた。

誰に何を聞いていいのか分からない。親方は黙々と、木篦《きべら》で白いかたまりを捏《こ》ねている。

つい訊ねてみた。

「これはなんというもんどす？」

「おう、こういう時はまず、あすこの番頭に聞くもんだ。おい伊平、お前も何してやがんだ。こいつに、とっとと仕事をやらせろぃ」

「すんまへん」

伊平と呼ばれた男が頭をかいた。

三十近いむくんだような顔色の小男である。それでも栄次郎の顔を見て、にっと笑った。番頭にしては小心そうにみえた。

親方が首を伸ばして言う。

「なんでぇ、お前もいい度胸してるじゃねえか。弟子が来た早々、御大将《おんたいしょう》にご下問《かもん》とは、恐れ入谷《いりや》の鬼子母神《きしもじん》。百年早えが、ま、思ったよりゃァ筆も立つようだから教えてやろう。こりゃァなァ、続飯《そくい》というものを作ってるのさ」

「？」

「知らねえ？　だろうな。こいつは糊さ」

講釈によれば、これは柔らか目に炊いた飯粒を、木篦で丹念に練り上げた糊なのだという。

「糊にも色々あるんだが、続飯が一番だぜ。おう、こいつは朝炊きたての飯にかぎる。版木に貼るのにも、これがちょいと具合がいいのさ」

さきほど栄次郎が書いた美濃紙を、手早く版木にのせる。

「裏返しに貼らなけりゃ、刷ったときにァ文字は逆になるんだぜ。分かるかい」

裏返し？

（ああ、そうなのか）

知らなかった。言われてみれば、なるほど判子はみな裏に彫ってある。紙に鈴《お》して初めて表の文字が現れるのだった。

美濃紙に文字を書き、まず桜の版木に続飯で裏貼りする。半日ほどよく乾かしてから、文字を残して刀で彫っていくのだという。

周りの職人は無駄口も叩かず、ひそひそと版木に向かっていた。

「早えぇだろう。これっくれぇで彫れるのに五年から七年。今、こいつらの彫っているのは桜の板目だから、版木刀《はんぎとう》を使う。が、篆刻はちょぃいと違う。堅てぇ象牙や黄楊の木の木口物《こぐちもの》か、水晶や寿山石《じゅざんせき》ってぇ石だ」

親方はにたりと笑う。

「それを彫る刀ァ色々だ。木口を彫るのは印刀でこれだ。水晶は鏨《たがね》でこれだ。寿山石なら鉄筆ってぇ刀だ。うちに来たからァ、こいつらの使い方だけは石にかじり付いてでも会得《えとく》しなくっちゃならねえ。どれにしたって彫るのは心底骨《しんそこ》だ。だがな、これを身体で覚えたら一生もんよ。お前ぇのお宝になるんだぜ」

若いだけに、栄次郎は肌の粟立つのを覚えた。親方は一寸五分ほどの石印を取り出した。

「どうでぇ、いい色をしてるだろう。こいつは寿山石でも田黄《でんおう》と呼ばれてるものよ。さすがに王者の風格があらァ。それだけの値打ちはある。このトロリとした色つやなんざ、見てるとぼうとしちまわァ」

寿山石は、中国福建省の寿山郷から出る石のことだという。

「まだまだ黄芙蓉や田白《でんぱく》や鴨雄緑《おうゆうりょく》なんてぇのもあるが、ま、そんなことはおいおい覚えるとして」

話好きらしく、武造の口は一向に止まらない。栄次郎は身体を固くして、聞き入った。

「今日は先代の御命日だ。これも何かのご縁だろう。特別に教えてやらァ」

彫りかけの石印を手にとると、刀を構える。こり、こりと石を彫り始めた。素人目《しろうとめ》にも、まるで貫禄が違うのがわかった。

「石印は、いいか。手前から向こうへ、押し彫りをしてくんだ。こう腰をきめて、肘は上げる」

栄次郎は手順を瞼に焼きつけるようにした。

武造の腕前は、惚れ惚れとするほど巧みである。

鉄筆の切れ味には自信があるのだろう、ざくり、ざくりと音を立てながら、その赤ら顔の口許には笑みさえ浮かんでいた。粉が石の上に溜まると、小筆で払い落とす。

栄次郎は食い入るように見つめて、頭に叩き込んだ。

愚而朴

雌伏《しふく》七年

「肘はとにかく上げるんだぜ。二の腕が水平になるっくれぇだ。これは石でも木口物でも変わりはねぇ。仕舞いには水平でなけりゃあ気持が悪くなる。それくれぇになりゃ本物だ」

言われて思わず栄次郎は頷く。

「肘の次は腰だ。まず腰は、臍《へそ》を前へ出す。するってぇと、背骨が前や上へと伸びるってぇ寸法だ。俺なんか、ハナっから駄目なやり方で腕ぇ磨いたもんだから、御祖師《おそっし》様《さま》も竜《たつ》の口で、御難《ごなん》も御難、そりゃァ只事じゃなかったぜ。江戸の彫り方ときたら、ひでえことに石は、引き彫りや横彫りばっかりよ」

引き彫りや横彫りでは、身体の重さをかけることができない。

「ってこたぁナァ、どう転んでも勢いのある文字にァならねえ。死んだ文字よ。てやんでぇ、これじゃやってても面白くねぇじゃねえか。京に上ってこの彫り方に染まったら、もう江戸へ帰ぇる気はなくなっちまった。それだけこの技に度肝を抜かれたって訳だ。本家本元《ほんまもん》はこれっきゃねえ」

武造はからからと笑った。

「はは、しかしナ。まず、刃物だ。ぜんたい、刃物が切れなくちゃお話にならねえ」

(ひぇ、そういうことがあるのか)

「感心している暇があったら、おう、そこの刀ァ研いでみな、印刀《いんとう》、鉄筆《てっぴつ》、鏨《たがね》、みんな研ぐんだ」

振り向くと、様々な刃物が鞣革《なめしがわ》の上に並んでいる。

印刀だけでも、大小で十丁ある。

「いいか。これが今日っから、お前ぇの仕事だ。追い回しの雑用が終わったら、ここにある刃物をすべて、ぎとぎとに研ぐ。とにかく刀は切れ味が命だから、当分の間ァ、砥石と取っ組み合いだぜ。覚悟しな」

へえと答えたが、不意に胸の奥が熱くなった。頭に血が上り、心臓の動悸まで聞こえる。

（ん？　この手応えはどうしたことだろう）

自分でも驚いている。

何故、こんなに血が騒ぐのだろう。刃物を研ぐと思っただけで、これほどワクワクするものだろうか。

（ああ、刀か）

よく考えてみれば、刀だった。たとえ大きさに違いはあっても、本身の刃物であることにかわりはなかった。栄次郎は目を閉じた。

郷里を出るとき、母親からひと振りの短刀を譲り受けたことを、まざまざと思い出していた。

一日、雪解けの風が吹いていた。

それは物心がついて切腹の作法を教え込まれた時と同じように、息を呑む出来事だった。

母は織部緞子裂《おりべどんすぎれ》の袋の紐を解くと、慎み深く一礼して、素鞘《しらざや》を払った。

一尺七分あまりの、冴々と白い刀身が浮かび上がる。寛文《かんぶん》新刀の姿どおり、反《そ》りは少ないが、その一方、地肌は洗い上げてある。

「みごとなものです」

目を凝らすと、朝霜の漂う如くと形容された地沸《じにえ》が光っている。あたりを払うような奇《あや》しさだった。

「反りが少なく、棒のように見えましょう。姿が悪いと不平を鳴らす者もありますが、これは実戦を重視して、切ることより突きを目的にしたからと聞いております」

母は栄次郎の耳に顔を寄せた。

「無銘ながら二代目清光です。寛文年間（一六六一〜七二）では虎徹や長道、勝国、国康、国包《くにかね》などに継ぐ刀工として知られております。水野家重代の家宝というものは、惜しいことにこれひと腰になりました。ご先祖様の赤心が宿っている刀ですから、心して持ってゆくように。それから」

「？」

「無銘とはどういうことか、わかりますか」

「それは清光という確証がない、ということでしょうか」

「いいえ、間違いなくこれは清光なのです。昔の刀鍛冶は、得心のいった刀にはわざと銘を刻まなかったと申します」

「は？」

いくら母の言葉でも、それには納得がいかなかった。刀匠が出来上がりに満足しないからこそ、銘を切らなかった。そうみるのが理《ことわ》りではないのか。

そもそも銘とは、刀剣の中心《なかご》に鏨《たがね》で名を刻むことをいう。

銘のあるなしで、刀の値にも格段の差が生じるのは言うをまたない。

新刀の銘を消して助広や虎徹の偽銘を切り、法外な値段で売りつけたという話も聞く。

つまり銘を切らぬのは、刀剣になんらかの瑕瑾《かきん》があり、自らの名を刻むのを恥としたとも考えられる。

「銘がなければ、一段、品格が落ちるとみられても仕方ないのではありませんか」

栄次郎は訥々《とつとつ》と弁じたものだ。

「それは違います」

母は真っ向から否定した。

「誰が見ても、かの名人上手の作に紛れもなしと自信あるものは、無銘なのです。ですから大業物《おおわざもの》や上々吉の作に限って名無しが多い」

「しかし、それでは誰の作か見分けがつかないではありませんか」

「そのとおりです。けれど名が無くても業物は業物。百年後の知己を待つという、心の大きささえあれば何ほどのことがありましょう。よいものを作るために、血の汗を流した昔の刀工は、名前などむしろ邪魔と思っていたかもしれません。凡作は後世の論駁《ろんばく》を避けるために、仕方なく名を入れました。ところが時代が下ると、そんな話はとんと聞かれなくなりました。かえって、良い品には銘を入れ、不出来の品は烏有《なし》なのだと申します。刀工としての誇りはどこにいったのでしょう。全くふがいないことで。しかしこの刀は、天地神明にかけて清光です。疑う余地はない。無銘ゆえに、紛う方なく播磨《はりま》大掾《だいじょう》藤原清光の業物と極まっているのです」

母は刀を鞘に納めながら、労《いたわ》るように言った。

「京に上って、一旗揚げようなどと山気《やまけ》をおこしてはなりません。それより、己が得心のいく方便《たずき》を見つけることが大事です。見つけてその道一筋に打ち込めば、きっと今日様《こんにちさま》が守って下さるでしょう」

あの日の母の言葉を反芻《はんすう》してみる。はたと、手を打つ。

「そや。木や石を彫るのは、大きさは違うても同じ刃物。刀を鉄筆に持ち替えただけのこと。なんや、そやったんや」

もしかすると篆刻は天職になるのかもしれない。気がつくと栄次郎は、安堵のため息をもらしていた。

○

この福田の家は、かいつまんでいうと印判司《いんばんし》、判子屋《はんこや》だった。

主流の仕事は、もちろん判子を彫るのだが、その他に花押型《かおうがた》やお経や漢文の版木彫り、神社仏閣の御札、あるいは依頼されれば位牌までも彫るのである。

篆刻、木口彫り、板目彫りに至るまで、何でもこなすという印判司であった。

栄次郎は翌日から、大名縞《だいみょうじま》の厚司《あつし》に木綿の兵児帯《へこおび》を締めて、この店の丁稚として働くことになった。

番頭の伊平が、

「名前はなんちゅうたいな」

と、へちまのような顔を向ける。相変わらず顔色は青白くむくんでいる。

「栄次郎どす」

「はん、そんなら栄どんか」

いきなり栄どんと呼ばれて、栄次郎は返事に詰まった。

店には代々の呼び名があり、丁稚はドンや吉、手代は七、番頭は助がつくのだという。下働きの女はいつも、おなべやおさんドンが通り名だった。奉公人の分際では、本名など有れども無きが如き扱いである。

(名前が無くなるやなんて)

屈辱だった。

しかし、そんなことに気を病む暇もなく、新しい仕事が次々に押し寄せてくる。栄次郎は、両手を広げてただ受け止めることで精一杯だった。

頭ごなしに栄どん栄どん、と呼ばれて、躊躇《ためらい》なく「へえ」と答えるのに、三日かかった。

刃物の研ぎは勿論、ランプの火屋《ほや》掃除に使い走り、奥内《おくうち》の水仕事まで手伝わされる。初めのひと月は、いつ寝ていつ食べたのか、まったく記憶がなかった。

朝いちばんに起きて、店の前を掃除するのは丁稚の役目である。

「ええか。顔を洗ろたら、お日ぃさんにぱんぱん手ぇ合わして、すぐに表の掃除やで」

フサは鏡に向かって化粧に余念がない。栄次郎は厚司《あつし》に前垂れ掛けで、へぇと頷いた。

「あ、うちの前だけやのうて、一、二尺両隣とお向かいの分も掃いといてな。それと、お人が通らはったら、おはようさんどす、て挨拶も忘れんように」

言いながら、フサは紅を塗った唇を開けたりつぼめたりしている。

（人を喰うたのかしらん）

と思うほど鮮やかな紅の色だった。

「あ、そらそぉと」

フサがわざわざ敷居際までやって来て、手招きをする。

「あんたな。前々から思てたんやけど、ちょっと愛想ないな。いっぺん笑うとぉみ」

と続ける。

「丁稚のくせして、そんな苦虫かみつぶしたような顔してたらあかん。ぐつ悪いワ。うっとこも客商売やさかい、うまいこと口角を上へ持上げるようにしてニッと笑わな。見ててあげるさかい、いっぺん、しとぉみ。ニッって」

心のうちで栄次郎は、(阿呆くさ)と思った。

これでも元は武士である。幼少の頃は「男は三年に一度、片頰で笑えばよい」と教えられてきた。

それが今、何故おかしくもないのに笑わねばならぬのか。

しかし内儀の命令は絶対だった。我《が》を折り、いやいや口の端を上げて笑顔を作る。

「なんや出来るやないか。そやそや、その顔を忘れたらあかんぇ」

フサは後れ毛を撫でつける。

「これはな、うちがオチョボのとき、置屋のお母はんにせんど仕込まれたことやし。男でも女でも、この世に一人で生きていこ思たら、人との付き合いが大事どす。好かんタコて言われるより、お、この子愛想よろしなて、可愛がられる方がましどすやろ。物事もあんじょう廻るし。小言やのうて、これは世渡りの術《すべ》を、あんたに教《おせ》てあげてますにゃで」

フサはそう言って、念を押した。

愛想が世辞《べんちゃら》に繫がるのは嫌だったが、内儀の言わんとすることも分かる。栄次郎は、神妙に頭を下げた。

言葉の悩みもある。

うっかり話しかけた朋輩《ほうばい》に、

「ふうん、金沢ではそんな言い方するのんか。ごっつい訛《なま》りやなぁ」

と物笑いされてから、京ことばには殊更《ことさら》、注意深くなった。己はあまり喋らずに、ひたすら他人の話に耳を傾けるようにした。

しかし、若さというものはありがたい。

じきに、そつなく京ことばが口から出るようになり、朋輩とも平気で渡り合うことができた。

幼年時代に鍛えた謡の稽古で、音感がよかったからかもしれない。

いつの間にか、軒を濡らしていた小雨が本降りになって、瓦を叩いている。卯《う》の花《はな》腐《くた》しの時季だった。

「親方、籐屋《とうや》の支払いは、誰を行かせまひょか」

番頭が相談している。

「そら、順番からいって栄どんだろ。おい栄どん。ちょっとここへ来な」

親方が手招きした。

「いいか、これは新入りの仕事で、ちょいと大切な使いだ。ここに勘定どおりの銭が入れてある。籐屋の店に行ったら、しっかり数えて渡すんだぜ」

籐屋は寺町にあり、ボルネオやスマトラから入ってきた籐を細かく割り、大きいものは籐むしろから、小さいものはやかんのつまみに巻く籐を扱っている。印判所では印刀の刀身に柄を固定するために巻くのである。籐は予《あらかじ》め水に漬けて柔らかくしてあって、乾くと収縮して柄がよく締まる。手によくなじむため、籐巻きは篆刻の仕事に欠かせなかった。

栄次郎は財布の紐を首にかけて、お銭《たから》を懐に入れると、左手に通帳《かよい》を抱えて下駄をつっかけた。番傘を広げる。

こんな大金を持つのは国許を出る時以来、久し振りだった。親方に一人前の大人として信用されたことにも嬉しさを覚えて、雨のなかでも胸を張って出かけたものだ。

言いつけどおりに、籐屋で通帳を突き合わせ、支払いの金を数えたのだが、

（おや）

首をかしげた。

勘定より十銭銀貨が一枚多いのである。確かに、何度数えてみても多かった。

（親方の数え間違いやろ）

栄次郎は帰る道々、その十銭玉を指で撫でてみた。

龍の浮き彫りは磨滅していたが、一厘や半銭や一銭銅貨とは違う重みがある。

店の小格子をくぐると、財布と通帳をそっくり差し出した。

「行て参りました。あの親方、算盤を入れましたが、どういうわけか知りまへんけど、銭が多かったようどす。ここに余った十銭、入れてあります。確かめとくれやす」

「ふん、そうか」

素気《そっけ》ない一言だった。

武造は返事をしたきり、こちらも見ない。すいすいと版木を彫り続けて、気にも止めぬというふうである。

程なくわかったのだが、それは親方の仕掛けた罠だった。

潔癖な栄次郎には考えもつかないが、雇主《やといぬし》のあくどい瀬踏みのようで、そうやって、まず手癖を試してみるのが常套手段であった。

丁稚小僧の出来心を誘うように、巧妙な手段で引っかけようとする。

卑劣なやり口だが、もし、主人の言葉を真に受けて、余りの銭をちょろまかしたりしたら、即刻首である。

一度そういうことをした丁稚は口入屋に回状を送るため、以後どこの店でも職につくことはできないのだった。

主人の仰せはご無理ごもっとも、黒であっても主人が白といえば、それは白であり、奉公というものは、己を空しくしなければつとまらない。

ただひたすら辛抱、辛抱とお題目のように唱える。支払いの一件は、栄次郎にとって、背筋がひやりとする出来事だった。

その当時、福田印判所における仕事の大半は経文や新聞のちらし、引き札（広告）の版木作りである。

「日出新聞」などの大新聞より、世事《よのなか》逸話の醜聞を載せる「西京絵入新聞」や「錦絵新聞」のほうが賃金はよかった。

社説中心の堅い新聞は、読者も限られるし、反官的立場を明確にすると発禁処分にあうこともある。

その点、花柳界の艶ダネを集めた小新聞は、フリガナ、絵入で大衆受けもするため、儲けが大きいのは当然といえた。

そういう記事のなかで、例えばビゴーのポンチ絵よろしく「毒ざらへ」などという丸薬の絵や文字、宮内省御用のビール瓶を真ん中にどかりと描いた酒の広告などを彫るのである。

また、扇印舶来香竄《こうざん》葡萄酒などは御用酒なので、旗を打違いにした絵柄が人気だった。

活字だけの字面《じづら》のなかで、こういう手仕事は見映えがして注目される。註文は引きも切らず続いた。

栄次郎はこのところ、「蘇民《そみん》将来《しょうらい》子孫《しそん》也《なり》」という神符《しんぷ》の拵えばかりをやらされている。縦一尺三寸、横一尺八寸の桜板目に、この文言をずらりと彫っていくのである。なんの神符なのか皆目わからなかったが、言われたとおり律儀、正直、丁寧を心掛けて一心不乱に仕上げていった。

年を越して翌年の祇園祭の宵宮《よみや》に、初めて休みをもらった。五銭の小遣いが出た。山鉾町では秘蔵の屏風を立てめぐらした家が多かった。その華やかさには目を奪われたものだ。一体どこからこんなに人が集まるのだろう。織田瓜紋の祭り提灯の下で、人波は後から後から湧いて来る。日中《ひなか》の温気《うんき》と汗が溶け合って、べとべとと肌にまつわりついた。

団扇を気ぜわしく動かしていると、ふと、若い氏子の姿に吸いよせられた。

「あ」

思わず声が出て目をみひらく。

なじみの文字があった。

「蘇民将来子孫也」が祭りの男たちの腰の榊に揺れていた。ああ、これやったんかいなと栄次郎は笑みこぼれた。

会所で粽《ちまき》を扱っている老人に、尋ねてみた。

「すんまへん、この神符の効き目はなんどすやろ」

「あんたよそもんやな。まぁええ、教えたる。昔むかしのおはなしや。八坂神社の御祭神の名前は知ったはるか。そうどす。素戔嗚尊《すさのをのみこと》。その神さんが姿をやつしてわざとよれよれの恰好で、将来家の二人の兄弟に一夜の宿を頼まはったんやて。大金持ちの弟の巨旦将来《こたんしょうらい》は見かけが汚らしいからと断り、貧しい兄の蘇民将来は恰好なんてかまへんと粟の粥でもてなさはった。な、ここが大事なとこや」

「はあ」

「見た目で人をきめつけてはいかんちゅうことや。翌日、旅人は何を隠そう、我こそは素戔嗚尊なりと姿を現したんどす。そうして、今後京に疫病が流行《はや》ったときは、蘇民将来の子孫とわかる護符と目印の茅の輪をつけるようにと言わはったんどすな」

「なるほど」

「その言葉どおり、疫病でたんと人が亡くならはったんどす。あの弟の巨旦将来の一族は無慈悲だったさかい死に絶える。兄の蘇民将来の子孫は、ちゃんと生き残り、代々繁栄してめでたしめでたし。そやからこの神符は疫病除けで、祭りにかかわる人たちはみな身につけるのんがきまりどすにゃ」

よく見ると祭りで授与される粽《ちまき》にも、この神符が括り付けられている。同じものばかり彫っていると、底無し沼に落ち込んだ気がしたものだった。

こういう季節ものの依頼は半年や一年も前から註文がくる、ということも納得させられた。

明治二十年（一八八七）頃から京都経済は金融逼迫のため不況の底に沈んでいた。

これは明治十年（一八七七）の西南の役での紙幣整理が、不安と動揺を煽っていたからである。

やがて紙幣の正貨兌換《だかん》が実施されて沈滞の気分が一掃されるまで、景気の低迷は続いた。

内儀のフサが鉄瓶の湯を急須に注いでいる。

「なんやしらん、この頃、判子の誂《あつら》えがありまへんな」

と小さなため息をついた。

「そりゃァなんてったって、この不景気だ。無駄な判子など作らねぇさ。こういう時はお前のいう、節約《しまつ》で乗り切るさ」

武造は平気な顔をして、がぶりと茶を呑む。

商家では一日、十五日には、きまって荒布《あらめ》や昆布の炊き合わせが出た。間引菜と油揚の炊いたんや、香香《こうこ》のひねたん(古くなったもの)やおからは、始末料理の代表格といえる。

京の人間は、しみったれは嫌うが節約は、

「けちと違いますえ、始末どす。捨てるもんでも、美味しう食べるのんが知恵どすやろ」

と美徳のひとつにしているのである。

武造は低く笑って、急に声を張った。

「判子は減ったが、見ねぇな。新京極の芝居や見世物小屋は大当たり。おかげで、こちとらは首の皮一枚で繋《つな》がってるのよ」

武造の言葉どおり、宣伝ビラの効果は抜群で、新京極はかつてない大賑わいをみせている。新聞のちらしと合わせると、板目彫りの仕事が月に七割以上もあった。

福田印判所も職人総出で、毎日夜業《よなべ》をやっても、なかなかハカがいかない。栄次郎は出来上がった版木を届ける仕事ばかりやらされた。

新聞社に版木を届けると必ず次の註文を貰う。

店に帰り、今度は板屋へ寸法を書いた紙を届けて、きのう依頼した版木を手に提げて帰るのである。

「早う彫らせてもらいたい」

湧き立つ気持はあるのだが、まず、研ぎに熟達しなければ物の数に入らない。それはよく分かっているので、来る日も来る日も佐伯砥石《さえきといし》と睨み合った。

もちろん下働きに手抜きは許されない。朝はたたき起こされ、仕事場に散らかっている木屑の掃除、火鉢の炭つぎ、砥桶《とおけ》の用意など、追い回しという言葉どおりに駆け回る。過酷な労働だが、身体は軽々とよく動いた。

「おい、栄どん。炭の火がイコったし、十能《おっかき》持って来て」

聞くより早く、台十能《だいじゅうのう》を片手に走らねばならない。

火箸で炭を置いていると、

「あかんあかん。そんな柔《やら》か継いで、どもならんワ。火ぃが付いたら白の堅炭《かた》、これはもう昔からきまってる。そやろ、黒炭《やらか》は火付きはええけど、すぐに無うなる。もっと火持ちのええもんにせんと、仕事のハカがいかんやないか」

店の前でぎぎいっと大八車が止まり、炭屋の山城屋が顔を出す。

「毎度、おおきに」

と毎週のように木屋町からやって来た。

きまって俵でひとつ配達してくるので、湿気《しけ》ないうちに台所の炭抽斗《すみひきだし》に納めなければならない。

栄次郎は手早く細縄を鋸鎌《のこぎりがま》で切った。

まず、二尺余りの炭を炭入れのなかで切り分ける。竹切鋸が遣い勝手がいいのだが、うまく納まる長さに揃えることは、ずいぶん骨の折れる仕事だった。

ナラ炭や備長炭は白炭といって堅く、切るのに時間がかかる。松炭は黒炭と呼ばれ、柔らかい上にすぐに割れてしまう。抽斗を開けると一目で分かるように、白炭と黒炭とを並べていった。

白は火保ちがいいが、なかなか火がつかない。黒はすぐに火がつく割にもちが悪い。火箸で熾《おき》を継ぎながら、栄次郎は逐一あたまに染み込ませていく。

初めて炭切りをやらされたときは、着物や手足はもちろん、顔じゅう真っ黒けになり、内儀《おかみ》さんに身をよじるほど笑われたものだ。着物の縫い目にまで炭の粉が入ってむせかえるようだ。

なかなか咳が止まらない。

「阿呆やな、そないに煤《すす》けてしもて。あんた、自分の家で炭も切ったことなかったんか。井戸で顔を洗いなはれ。あ、鼻の穴まで黒う黒うなってるさけ、よーう洗わなあかんえ」

それから以後は手拭で顔を覆って、目だけ出してやることを覚えた。

「あ、炭俵は？」

「ごもくと一緒にホカしました」

「なんやいなァ、この子ぉは。炭俵《あれ》はホカしたらあかんえ。裏で燃して灰を作りますにゃわ」

（灰まで使うのんか）

驚いた。無駄なものはないのである。

切り終えて出来た炭の粉さえ、炭団《たどん》の材料として炭屋に売るのである。

灰もアク抜きや肥料として、仕事には欠かせない品だった。どんなものでも始末して使い切るのが京の職人の心意気らしい。こういう小さなことが積もり積もって、いつの間にか職人としての矜持《きょうじ》が出来るのかもしれない。

朝いちばんに火をおこすと、

「あ、この炭、鼠が入ったやろ」

「へ？」

「抽斗《ひきだし》をちゃんと閉めとかんと鼠が入っておしっこをかけるにゃ。もう、エライ臭気やないか。あんたこの臭いが分からんか。早う早う、蜜柑《みかん》の皮を燻《くす》べなあかんえ」

フサはことのほか鼻がよく利いた。たいていの物の香りを嗅ぎ分けて、すぐに指摘するのだった。

「鉄瓶をかけたままにしてると、水が切れてる時がある。ちょいちょい、確かめてな。あ、それから、水や湯ぅを灰の上にこぼしたらご飯抜きやで。灰神楽《はいかぐら》を立てんように、細《こま》こう気を配るのがあんたの仕事や」

こうした日常の掃除、炊事、洗濯は手順《だんどり》を教えてくれるが、店の仕事は盗むのが世の習いだった。盗むほどでなければ身につかないものだし、やらせて出来なければ張り倒す。無理偏に拳骨《げんこつ》と書いて兄弟子と読む、などと俗に言われる以前から、体罰《しごき》は茶飯事である。痛みとともに身体で覚えた技は、一生忘れないというのが職人たちの不文律だった。

○

彼岸前になると、油小路の往還を風が吹いていく。

「えらい風どす」

「今日のんは涅槃西風《ねはんにし》やのうて、涅槃嵐どすな。仏はんもびっくりして、目ぇ覚ましたはるワ」

栄次郎は研ぎをしながら、お客と番頭のやりとりに耳を澄ましていた。

「この印は、なんで陽刻《ようこく》て言うのどす」

「へえ、朱肉で鈐《お》して、紙に出てくる印文が朱《あ》こうなるもんを陽刻、紙の色のまま白う出るもんを陰刻《いんこく》、白文《はくぶん》て言います。もっとも紙が黄色どしたら黄色どすけど」

「ほう、さよか。あんたはんら印材とか印形《いんぎょう》とかよく言わはるけど、どこがどう違うのか、さっぱり分かりまへんナ」

「そうどすゃろ、ややこしおす。かいつまんでお話しますと、この木ぃやら石やらの印で、なんぞ印文が彫られてるのんが印形、まだ何も彫られてへんのんが印材て言いますにゃ」

(ああ、そういうことなんか)

栄次郎は肩をすくめた。

判子ばかりではなかった。栄次郎は版下の仕事も、目を皿のようにして覚え込んだ。是非とも上達したいという意気込みは誰にも負けないつもりである。

じっとしているとこのまま取り残されるのではないかという不安にかられる。歳を喰っている分、早く技を身につけなければと我武者羅《がむしゃら》に仕事をしたのだった。

版木摺りに欠かせないバレンでもこんなことがある。

「だれや、このバレンをほどいたんは」

「すんまへん。この中身はどうなってるのかちょっと開けて見たんどす」

栄次郎は番頭に頭を下げた。

「阿呆か、大事な道具をこんなにしてしもて。どないしてまどす（弁償する）気や。てんと、仕様のない餓鬼や」

栄次郎は急いで真竹の藪へ行って、竹の皮を二十枚ばかり拾って来た。水に浸した甘皮を細かく剝き細縄を編んだ。更に縒り合わせて太い縄を作り円盤状にぐるぐる巻く。「あてがわ」は、少し時間がかかった。薄い紙を二百枚近く重ね合わして皿の形にして縄を敷き詰める。仕上げは湿らせた竹皮で包みタコ糸でしっかり綴った。

「どぉどすやろ、使うてみとぉくれやす」

出来上がったバレンは使い勝手もよく、口の悪い番頭を唸らせた。栄次郎が周囲に一目置かれるようになったのはそれからである。

猪牙《ちょき》

明治も二十年を過ぎると新時代にふさわしく、京の町中の暮らしも様変わりし始める。

京雀は新しもん好きではあったが、いつまでも古い習わしにこだわる因循《いんじゅん》な一面も隠せなかった。

「聞かはったか。なんや知らん、皇后の美子《はるこ》さんがな、西洋の着物を着るようにちゅう思召書《おぼしめししょ》を出さはったらしいで」

美子は明治天皇の后で謚《おくりな》は昭憲皇太后という。金剛石も磨かずば、という歌で知られている。

「そんな訳のわからんこと言うて、アホくさ。あんな筒袖《つつっぽ》のどこがええのやろ。うちらの身体には着物が一番《いっち》着心地がええのやし。皇后さんは京のお生まれやのに、なんでそれが分からへんのやろ」

「ふん、東京《とうけい》東京て偉そぶったかて、ほどらいを知らん奴ばっかしの集まりやないけ。そこいくと、うちら京都は何ちゅうたかて全国にさきがけて小学校や中学校や女学校まで作ったとこやし、こっちが上や」

「そやな。三条四条五条に『洋風瓦拉斯《がらす》張ノ燈台』も都合六燈あるけど、それ見に来るおのぼりさんかて多いしな」

釜座指物屋の木屋では、職人たちがそんな話題で盛り上がっている。栄次郎は印材を受け取るついでに、世間話を聞くのが愉しみだった。少し顔見知りになったので、おそるおそる尋ねてみる。

「河原町夷川の森田いう店で『都煮《みやこに》』ちゅう看板を揚げてますけど、あれはなんどす？」

「ああ、牛の肉を甘辛《あまかろ》う炊いたんやろ。気色《きしょく》悪いなぁ。喰うたら角が生えるで」

「そやそや」

と誰かの合いの手が入る。

「そやけどごっつう旨かったで。あれならわし、頭ひとつどつかれても喰いたいワ」

「おまはん、賀茂川の塵芥《ごもく》やさかい、杭《喰い》にかかったら離れんのやろ」

どっと歓声が上がる。

栄次郎は調子に乗って更に訊ねた。

「ほな高等地獄ちゅうのは？」

つい先日、新聞に載っていた言葉だった。

「そりゃ、女郎を上等な言葉で……、いやお前にはまだ早い」

と笑い飛ばされた。

三条麩屋町の本田商店は、ハイカラを示す洋の字を大きく書いて、洋服、洋傘の売り上げを伸ばしているらしい。

「そや、六角柳馬場の塩山商店ちゅう風呂敷屋。なんたらいうて書いたある。カタカナでハンカチフやったかいな。あれは風呂敷のことを、メリケンでそない言うのやろか」

「違うがな。ハンカチフ言うのんは、西洋の手拭のこっちゃ」

「あんた何でもよう知ったはるなー」

「そんなん、えら知りや。今頃、何ゆーてはりますのん」

職人たちの四方山話《よもやま》も喧《かまびす》しい。

「ほな河原町三条畠山の広告の、西洋服洗濯師てなんどす？」

「さあ、さっぱりわからんな」

皆、首を傾げた。さすがにこの時代、クリーニング屋の元祖とまでは誰も分からなかった。

栄次郎は時代の変化も気にしつつ、まず足元を見る。刃物の研ぎ方から、下絵の描き方、版木の選定まで、頭に入れることは山ほどあった。ふと思いついて、自分だけの手控えを作った。覚書きは数冊に及んだ。

闇雲な努力ばかりではなく、世の中の動きに合わせて、これからは緻密な計算も必要だと思ったからである。

疑問は幾度でも質《ただ》す。手代の佐七が、あまりの熱心さに音を上げたほどだ。

「栄どん、もうそれくらいにしとき。あんまりやり過ぎると、ぐつ悪いで。ここで、ややこしなったらかなんやろ。けど、あんたみたいな念者《ねんしゃ》はんは知らん。偉いもんや」

佐七はそう褒めつつも、裏では朋輩に栄次郎をクサすのである。

「見てみ。あのお上手《じょうず》もん。親方の気を惹《ひ》こうとせかせかしとオる」

と言いながら、親方に媚びることも忘れなかった。

「親方、今までたんと、丁稚を見たもんどすけど、もうびっくりどすワ。あんなしっかりモノ言いよるのんは初めてや。けど、ゴリ押ぉしもかないまへんワ」

「はん、あいつは要領がいいだけで、二十歳過ぎればただの人、沢庵《たくあん》の尻尾よ。小賢しい男に大成したものはいねぇやな」

「そうどす。ウカとするとスコッとやられまっせ」

佐七は手を打つ。

「おもしれえ、見てやろうじゃねえか」

親方もそう言って鼻で笑っていたが、二月《ふたつき》三月《みつき》半年するうちに、ほう、という顔をするようになった。栄次郎の書に執心した依頼主が増えて、

「これから必ずこの人の字ぃにしてや。そやなかったら、印はいらん」

と念を押されるようになったからである。親方もしぶしぶ、旗を巻いた。

○

五月も中旬を過ぎるとカキツバタが見頃になる。続いて花菖蒲が一斉にひらく。いつも行く近所の風呂屋では一カ月遅れで六月五日に菖蒲湯が立つのも愉しみのひとつだった。

「こぜわしないなー。今日は、鈐《けん》の仕事がたんとあるさかい、板の間をあんまりチョカチョカ歩くなよ」

番頭の言葉に首をかしげた。

「けん？　何やろ」

耳慣れない言葉だったので、栄次郎は砥石に印刀を当てたまま、ちらりちらりと腰を浮かせるようにして、盗み見た。

（ああ、判子を鈐《お》したはるのか）

親方と番頭は物も言わず、印箋を揃えて、まず動物の牙のようなもので紙の表面をこすった。

（ん、紙のでこぼこを直してるのかいな）

次に、印顆《いんか》（印形）を取り上げて、印面へ印色《いんしょく》をのせている。

それはまさしく乗せるという行為そのものだった。

誰もがよくやるように、判子を印肉にねじくって、べたりと捺《お》すやりかたとは、まったく違っていた。

親方は紅差指（薬指）に印色をつけて、ぱたぱたと印面を叩くようにして付けている。一様に印色が乗ったところで、紙の場所を決めてすぱりと鈐す。それからあらためて印矩《いんく》という定規を当てる。

遠目に見ても、鮮やかな手つきだった。栄次郎が息を詰めていると、親方は同じことを、何度も繰り返している。どうやら、印顆に印矩をきっちり当てるのがミソのようだった。

番頭も同じ要領で、印顆を静かに離し、再び印色をつけて鈐している。

してみると印矩が動かないかぎり、何度でも印は鈐すことができるらしい。二人の眼差《まなざし》は真剣だった。

「誰か、ちょっと手伝《てっと》うて、この印箋を乾かすさかい、風の入らんとこに並べてや」

栄次郎はいち早く走り寄り、隣の板の間にぱたぱたと並べていった。

印箋の印影は見事なものだった。

確かに何度も重ねて鈐しているのに、兎《う》の毛ほどのずれもない。思わず見とれていると、

「このスボケ」

と頭を撲《は》られた。

「ふん、篆刻で、やれ印面仕立てが難しいの、やれ字入れが骨だの、やれ刃物の研ぎが厄介だのと御託《ごたく》を並べるが、いいか、無類とびきり至難の業《わざ》は鈐だ。こいつだけは言っておくが、これほどゆるがせにできねぇものもねえぜ」

親方は鳴り響くように言った。

紙を並べ終わったとき、文机の前に奇妙なものを見つけた。

先刻、親方たちがこれで紙をこすっていた。それは三寸ほどの大きさの、何かの牙のようなものだった。

栄次郎の胸に、ああとひらめきが走る。

「もしかすると、猪牙《ちょき》？　どすやろか」

まさか、こういう逸品にめぐり合えるとは思いもよらなかった。たまたま口を銜《つ》い

て出たのだが、番頭はホウという顔をした。

「なんや、これ知ってるのんか。よー言わんワ。隅に置けんやっちゃ。お主も、只の鼠じゃあんめい」

と、おどけながら芝居の台詞で驚いた真似をする。

「いえ、金泥を磨くのやそうで、名前しか知りまへん」

「見てたやろ、うっとこでは紙のケバをとるのや。それを紙を殺すちゅうにゃ」

印を鈐すとき、紙を均《なら》すにはこの猪牙が一番だという。

栄次郎は絵字引で見覚えた本物がこれかと、思わず撫でるようにした。やや黄味を帯びた牙はつるつると滑らかに光っている。

「紙問屋で紙を折るのに遣《つこ》うてな、磨滅してもうお払い箱になったもんを、うちに回してもらうにゃ。爪でこするやり方もあるにはあるけど、たんとの時は爪が火傷するさけナ。一丁前の印判師になろうと思たら、そら一つは要るワな」

「猟師はんから買うんどすか？」

「いやいや、あんなとこのはまだ獲れたてでなまぐさい。ようカラカラに干さんとあかん。そや、弘法さんか天神さんの骨董市に並べたあることもある。気ぃつけて見てると、たまに出てるで。あっこなら小遣銭を貯めたらなんとかなるやろ」

やはり縁《えにし》の糸は、どこかで繋がっていたのだ。脳裏にありありと蘇《よみがえ》る出来事がある。

栄次郎は、郷里金沢の記憶の断片をつなぎあわせた。

そう、猪牙という言葉を教えて貰ったのは、父の水野八左衛門からだった。

明治維新の折、禄を離れた士族たちには俸禄米支給があった。しかしそれも明治六年（一八七三）に秩禄《ちつろく》処分で打ち切られる。金祿公債証書一枚をもらい、廃刀令も発せられて、士族はすべての特権を失った。

犀川の橋詰に唐黍《とうきび》や泥鰌《どじょう》を焼いて売る店が出て、買いに行ったところ上司の番頭《ばんがしら》だったという驚くような出来事もある。

幾許《いくばく》かの金を握っても、所詮は頭の下げ方ひとつ知らない人間ばかり。士族の商法が上手くいった、などという話はついぞ聞いたことがなかった。うまく立ち回れば新政府の官員になれたかもしれない。

しかしそれには常日頃から、上役に鼻薬を嗅がせておく必要がある。

官職にありつくためにも先立つものは資金だったが、潔癖な水野家ではそういう銅臭を嫌っていた。

拝領屋敷の売却を迫られる。一時金はかなりの額で、八左衛門はそのまま銀行に預けたという。

それを元手に、九谷焼の輸出などを目論《もくろ》んでいるときに、取付騒ぎである。一切合財《いっさいがっさい》を失った。

「前田家《おかみ》から戴いた一時金を失ったのは残念だが、いつまでもそれにかかずらわっていては、物事が先に進まん」

時勢の変化は目まぐるしく、身分制度はぼろぼろ崩壊していった。日頃から見下《みくだ》していた商人《あきんど》が、急に肩で風を切るようになる。

それでも八左衛門は一家を養うために、仕事を厭わずなんでもやった。

足りないところは古道具屋にも、質屋にも通う。能の道具一式や掛物や茶碗などは相応の値がついた。

売り喰いはつらいものであるのに、

「筍《たけのこ》生活もまた乙なもの」

と嗤《わら》う。

武士が辞を低くして家財道具を持ち込むのは、沽券《こけん》にかかわるはずだが、それも一向に平気だった。

「よいか、恥をかくことも修行になる。何事も宿徳、お前の血となり肉となるはずだ」

そう言いながら、父は幼い栄次郎に質物を持たせて、出かけて行く。

その日は、古道具屋に入ったとき、老人の先客があった。

漆喰の店庭には床几が並び、上がり框には木綿座蒲団と煙草盆が揃えてある。八左衛門は栄次郎を横に坐らせて、煙管に火をつけた。

奥内からは、客と番頭とのやりとりが、衝立《ついたて》越しによく聞こえてくる。

「この掛軸でございますか」

「いかにも『観普賢経』の断簡じゃ」

客は大袈裟にごほんと咳をした。

「古筆の極札の『琴山』の印もついておる故、真物《しんぶつ》の揺るぎはない。家重代の家宝ゆえこれだけはと残しておったのだが、事ここに立ち至れば手放すよりいたしかたない」

男は客のくせに横柄な口調だった。

あるいは、むかし重職にあった者かもしれない。

それでもかつての名聞《みょうもん》を忘れられずにいるのだろう。嵩にかかった口振りには老人とは思えないほど凄味がある。

番頭は手慣れたもので、しきりに頭を下げつつ、天眼鏡で掛軸を睨《ね》め回した。

黒光りのする窓からギトギトした夏の日差しが、茶道具などの陳列棚を照らし出している。

「はて、紺紙金泥経のようではございますが、お蔵に長いあいだ眠っていたのでございましょう。残念閔子騫《びんしけん》、光が全くございませんな」

客は憮然たる表情をしたが未練がましく、今度は歓心を買うような口調になる。

「いや、よくよく御覧いただきたい。まだ、そこ此処に眩しく光っておるではないか」

客の言葉を押し返すように、番頭は冷笑した。

「お生憎様でございます。これでは、泥をなすりつけただけと同じこと。金泥文字が燦然《さんぜん》と輝いておればこその、佳品でございますからな。かえすがえすも口惜しゅうはございますが、これればかりはどうにも」

番頭はことさら丁寧な言葉をつかいながら、しかしすげない素振りで厭味を言った。

「全くこれは、手前どもの目が行き届かないようでございます。可惜物《あったらもの》ながら、これ以上のやりとりは埒《らち》が明かないようで、なんともはや」

「さすれば、この品を二束三文のがらくたと申すか」

「いえいえ、これは言葉が足りませず、どうかお許しを願います。手前どものようなしがない道具屋では、立派過ぎるお品と申しているのでございます。おそらく金泥経とは存じますが、光がなければ、なんとも真価が判りません。ほかのお店にあたっていただきとう存じます。何卒、そのように願い上げまする」

番頭はそそくさと話を打ち切ろうとした。

その時である。

八左衛門が衝立の横から顔を出した。

「お話の途中で大変失礼とは存じますが、金泥経とはそのお品でございますか」

番頭は、渋面を作る。こんなところに首を突っ込んで、何を今更おせっかいな奴めというように横をむく。

「ほほぉ、これは尤物《ゆうぶつ》」

八左衛門は額の汗を拭き、威勢よく手を叩いた。

「ご迷惑でなければ、しばしお許しを戴いて、この金泥の蘇《よみがえ》りの術をお目にかけたい。いやお暇はとらせませぬ。ほんの少し披露させて戴きたい。いかがでござろうかな」

客は疑わしげに眼を上げた。番頭はいっそう不機嫌になる。

構わずに八左衛門は腰から煙草入れを引き抜くと、

「古文書の写経の中に、瑩生《えいせい》という職掌がありましてな。瑩は蛍という文字に似ておりますが、みがくという漢字でございます。この瑩生たちは、これこのように毎日毎日、お経を磨くのが仕事なのでございます」

と言いながら、象牙の根付で断簡の上をごしごしと擦《こす》りはじめた。

乱暴といえば、これほど乱暴な振舞いもなかった。

しかし、その手の下からたちまちキラキラとした文字が浮かび上がるのを見て、あたりの者は声を呑んだ。

「本来はこのような象牙ではなく、猪牙を遣ったそうでございます」

「ちょき？」

「はは、猪の牙でござる。ももんじ屋に行けば売ってもらえるかもしれません。なに、無理に調達せずとも、そのあたりの瀬戸物茶碗でも事足りるものでございますが」

　さも愉しげに口元をほころばしている。

　薄汚れて見る影もなかった『観普賢経』は、もとのきらびやかさを取戻していた。あたりを払う玲瓏《れいろう》な文字に、誰もが息を呑み、感嘆の声を上げたものだ。

「時々はこのように養生《ようじょう》をしてやらねば、折角の断簡が可哀相でございます。いや、これはいらぬお節介を焼きまして。ご無礼の段は平にお許し願いたい」

　栄次郎は店を出ると、掌に覚えたばかりの漢字で、猪の牙と書きつけた。

　来る時と違って、帰り道は足が軽いような気がする。父の後ろに付き従って、栄次郎はしゃっきりと胸を立てた。

　珍しく「田村」の一節を謡いながら父が振り返った。

「久し振りに清々といたした。持参した茶碗だが、それほどの品とも思えぬのにあの算盤《そろばん》ずくの番頭が、はは、いつになく高値をつけてくれたように思うがな」

　と上機嫌で笑う。

「母上、母上」

　家の式台に上るなり、栄次郎は興奮して弁じ立てた。

「それで、その断簡は売れたのですか」

「勿論でございます。番頭のあの魂消た顔といったらありませんでした。私だけではなく、店の主人や手代たちも後ろから覗き込んで、目を白黒させておりました」

息子の言葉には淀みがない。母は頷きながら微笑した。浴衣を縫っていた手をとめて、針に髪の油をつける。

「父上様は、かつて御城に上がっていた時は、御文庫にお勤めでございました。ですから、稀覯書《きこうしょ》などもよくご存じでいらっしゃる」

「しかし、根付の象牙と猪の牙は同じようなものなんですね。しかも金は、年を経ても光を失わない。こすると蘇るんですから、摩訶不思議でございます」

着替えた父が、渋茶を呑みながら和《にこ》やかに団扇を使っていた。母は質物の代金《おたから》を神棚に供えて、しっかりと手を合わせていたものだ。そんな細かい事まで、まだありありと目の底に残っている。

片恋

六年が過ぎた。福田印判所での修行は、情け容赦のないものだった。なまじ才弾《さいはじ》けていただけに、朋輩からのいじめも酷《ひど》かったが、栄次郎はくじけなかった。

「うちらの仕事は座蒲団のお守《も》りやしな。こつこつ彫ってたら、知らんてるまぁに桜も終わりやがな」

版木や判子彫りは坐ったままの居職《いじょく》のため、たまには息抜きの行事も必要になる。本願寺の盆燈炉《ぼんのとうろ》や月見にことよせて、店の職人たちは半年に一、二度、出歩くのが常だった。

「今日の紅葉狩は南禅寺やで」

「ほんなら、船溜のインクラインちゅうもんも見てみようかい。どや、栄どん。連れてったろか」

と誘われても、かたくなに首を振る。

「すんまへん。なんやしらん、腹具合が悪うて。今日ンとこはかんにんしとおくれやす」

留守番役を買って出て、栄次郎がひとりで仕事に邁進しようとすると、朋輩たちはへえーと白い目をむけた。

「おまはん、こないだも同じこと言うたな。そら、食い過ぎじゃ。ま、うちら職人は怪我と病気は自分持ちやさかい、せいぜい大事にしいや」

やわらかく、しかしズケリと胸を抉《えぐ》るような言葉が落ちてくる。

「へ、気色わる。生姜《しょうが》手のくせに、まだまだ藤四郎やないけ。ほんまにどんくさい」

「ふん。めめくそほど筆が立つだけやのに、えらそうに鼻にかけよって。けったくそわるいわ。見てみぃ。あほがたらいで、まだ砥ぎの稽古しとおる」

「お前ら来る時期が遅かったな。もっと小っこい時からやってたら身体が覚えるもんを、そらネッカラあかんわ。けっ、目ぇ嚙んで死んでまえ」

「あんな、お前らみたいのを只飯喰らいちゅうんやで。それとも今までの飯代返せるか。返せるもんなら返してみぃ」

朋輩たちはさんざんに罵倒《ばとう》したが、栄次郎はまったく動じなかった。脇目も振らず砥石に没頭していたため、聞こえてはいるのだが、耳に入らない。

(畜生め。今に見とれ。きっと、鼻を明かせたる)

と歯を食いしばる。石に嚙みつき、土を喰らってもこれだけはやりとげなければならない。撓《たわ》まず怯《ひる》まず修行、修行と蟹の念仏のように唱え続ける。

長いような短いような、苦難の歳月だった。栄次郎は二十歳になっていた。

○

明治二十八年(一八九五)春、第四回内国勧業博覧会が京都で開かれることになった。この年は、桓武天皇が大極殿ではじめて正月の拝賀を受けてから千百年にあたる。これを記念して平安奠都《てんと》記念祭が建議され、岡崎に平安神宮が造営された。

「えらい変わりようや、大極殿や応天門まで、どかんと建ちよって」

「おっとろしやの。目ぇ回して倒れるもんがたんとあるらしい」

この博覧会では工業館の建物を最大に、農林館、機械館、水産館、動物館、美術館などが立ち並んだ。全国から著名な出品物が一堂に展示されると聞き、職人たちは色めき立った。

織物、陶器、銅器、漆器、紙類にかかわる献上品の他に、見本市には即売の商品が並べられたからである。

「やってみるか」

福田印判所にも京都版面彫刻業組合から出品依頼書が届いた。沢山の兄弟子を差し置いて、親方に名指しされたのは栄次郎である。

「他からも出るらしいぜ。選ばれるかどうかは腕次第《うでしで》えだ。店《うち》ではお前《めえ》が図抜けてるが、世間は広《ひれ》えや、もっと凄腕《すごうで》の奴がいるかもしれねえ」

栄次郎は店の仕事に穴をあけないように、何度か徹夜して寿山石の長方印を彫りあげた。

結果は二等賞褒状だった。

一等銀杯は河津勇蔵という高名な御用印判司だという。栄次郎は、ああなるほどと頷いた。

そんなにすぐ功名を立てたら、篆刻は高がその程度かと、見くびってしまっただろう。まだ山の頂は遥か彼方だからこそ、百尺竿頭《ひゃくせきかんとう》一歩を進むという気持が湧いてくるのだ。

だが驚いたことには、栄次郎をいじめ倒した兄弟子たちの言動がガラリと変わった。それはもう掌を返すように見事なもので、絶句することも度々だった。

「ふーん、あんたみたいにハシコイのは知らん。ケナリぃわ」

「いや聞いてや。わしは前々から栄どんは上手いて思うてたんや、なあ。ごつい見どころがある。そやなぁ」

「ふん、わしかてそやで。只者やないて、いつも言うてたやんけ」

などと、急に揉み手で話しかけてきたりして、栄次郎をまごつかせた。

岡崎慶流橋近くの美術館に印影と印顆が展示してあると聞き、親方の許しを貰って出かけたのは五月も末のことだった。

夜来の雨も止んで、東山あたりの緑がむせかえるようだ。翠したたる木漏れ日も背に熱かった。まばゆい神殿は、二間社流造檜皮《ひわだ》ぶきである。大極殿にも見とれたが、呆気にとられたのは、美術館の行列の方だった。

花見や紅葉狩の人出などという生易しいものではない。

まるで稲荷神社の初詣のごとく、正門の広場に蝙蝠傘を持った人々が十重《とえ》二十重《はたえ》に取り囲んでいる。入口に向かって人の群がる有様は喧噪を極めていた。

「へえ」

目を瞠っていると、栄次郎の前でかまびすしく声を上げる連中がいた。

「あんたも好きやな」

「ほらここ読んどぉみ、日出新聞やけどな。評判の裸美人、否裸不美人、吾輩はまず画工その人の胸中には、日本の国民たるの美想なきを認めざるを得ず、やて。こないに書き立ててあったら、どんな絵なんか見てみたいやろ。誰でも思うことはいっしょや」

「ひひ。北斎の枕絵な、あの波千鳥ちゅうのがあるやろ」

「言われんでも、えら知りや。いっぺんだけ拝ましてもろうたことがある。写しやけどな」

「そや、ありがた涙に暮れるくらい結構なもんどした。けどな、何とあれより凄いらしい。はは、おまはん、鼻毛がえらい伸びてるで」

「ふふ、あんたはんこそ、むっつり助平ちゅうのや」

周りの人々のやりとりは、何がな卑猥でゾクリと本能を刺戟するものだった。緊張で身体が強張るのがわかる。

入場してみて、栄次郎も思わず声を上げた。黒山の人だかりの先にあったのは、黒田清輝という洋画家の「朝妝《ちょうしょう》」という油絵だった。朝の装いという意味らしい。

(なんやこれは)

肉付きの良い西洋女が、大きな鏡の前で腰をくねらし、長い髪を編んでいる。

(見世物小屋やあるまいし)

ザワザワという声が上がる。こんなに大きな裸の女など見たことがなかった。会場には、善男善女のため息とも叫びともつかぬさざめきが溢れていた。

画面も何やらぴかぴか光っている。絹や紙に描かれた日本画とは全く毛色が違っていて、

(ほんまに油が塗ってあるんやろか)

門外漢の栄次郎も度肝を抜かれて、思わず覗き込んでいた。

古来の掛軸や屏風を見慣れた目には、真正面に裸婦を据えた絵が、風紀紊乱《びんらん》と映ったのは当然である。

「朝の身拵《みごしら》えに、着物も着んと丸裸やて。なんちゅうこっちゃ。外国《とつくに》の女の人て、こ

れがあたりまえなんやろか。裸でこういうふうに身をやつしていくやなんて、何ゃ知らん気色わる」

あたりを見回すと、老若男女がただもう目のやり場に困りつつ、それでも、ためつすがめつ凝視しているのがわかる。

あまりの興奮と人いきれに辟易して、その部屋を出た。

（さて、わしのは何処や、どこやろか）

栄次郎は自分の作品を探してうろうろ歩き回る。やっと、陳列棚の隅に象牙彫りなどと一緒に並べてある印影と印顆《いんか》を見つけて、ほっとため息を洩らした。

ほとんど見物人もおらず、名札がなければ、うっかり見過ごすような寂しい場所だったが、栄次郎は襟を正して見つめた。

「君子之交淡若水」という朱文長方印である。

少し気取って麒麟《きりんちゅう》鈕をつけたので、印顆はよく目立っていた。しかし圧巻は、一等銀杯の河津勇蔵の印影だった。

「采菊東籬下」

「悠然見南山」

菊を釆《と》る東籬《とうり》の下《もと》、悠然と南山を見る、と声に出してみた。栄次郎の好きな、陶淵明の漢詩である。黄楊の二顆揃いで、陰刻陽刻の彫り味が見事だった。

(これが、枯淡《こたん》の境地なんやろか)

見つめていると、身体中から雑音が消えていくような迫力がある。それにひきかえ、趙之謙《ちょうしけん》を真似た己の陽刻はひ弱く、第一、「君子の交わりは淡きこと水の若し」などという荘子の言葉がいかにも青くさくみえてしかたがない。

(負けた。河津はんにはかなわん)

栄次郎は潔く兜を脱いだものだ。

それでも、(やっとここまで来たんやな)という充足感はあった。

年季奉公は辛いものだが、それから逃げようと思ったことは一度もない。独り立ちするためにこつこつ貯金もしている。遠い道のりだったが、澱みから抜け出る目印がもうそこまで見えてきたようでもある。

少し胸を張って己の印影を眺めていると、四十がらみの男女と若い娘が陳列室に入って来た。栄次郎はあわてて後ろを向いた。

「確かこの部屋のはずや」

男はきょろきょろと左右に目を走らせ、印影の前まで行くと、ふと足を止めた。

「これやこれや」

「はあ、これどすか。随分端の方にやられて、篆刻はえらい継子扱《ままこあつか》いどすな」

丸髷《まるまげ》に小紋ちりめんを着付けた四十女が、娘を振り返った。

「どうぇ、見とおみやす」

若い娘は地味な友禅の着物に桃割を結っている。顔は分からなかったが、匂い立つような娘独得の香りというものがある。

（そやけど、残念でした。こういう夜目遠目笠の中《うち》は、たいていお多福なんやな。ふふ、おたやん転《こけ》ても鼻打たんの口やろ）

栄次郎は腹の中で笑っていたが、ふとこちらを向いた娘の顔が、眸《ひとみ》を射た。青みがかった目はきりりと形よく、あどけない唇が花の蕾のように透けて見える。あまりの浄《きよ》らかさに喫驚《びっくり》した。

（なんと別嬪《べっぴん》や）

胸が熱くなり、耳が朱色に染まるのがわかる。あわてて、そのあたりの清水焼茶碗を、さも熱心そうに覗き込むふりをする。

が、一瞥《いちべつ》しただけなのに女の襟足が瞼の裏に白く焼きついて、いつまでも消えなかった。

（困る）

栄次郎はうろたえた。その背中に声が響いた。

「いやぁ、この隣のんは、細こう、よう彫ったありますな。それに随分大きな印どす。お父さんのもええけど、うちこれ好きやし」

「ほう、きれもんが好みか。知らなんだな」

男は苦笑している。

栄次郎の胸はどきどきと音を立てた。帰るに帰られず、耳だけをそばだてている。

話の様子では親子らしい。

（待てよ。お父さんの印、て言うたな。それやったら、河津勇蔵はんやろか）

もとより見ず知らずの人に、話しかけるほど厚顔な性格ではなかった。

後ろ髪を引かれつつ、栄次郎は会場を出た。

いきなり外の光を浴びたので、目の前がちかちかする。博覧会の正門から走っていた初めての市街電車も目に入らなかった。

西へ向かうと、道の真ん中を酒樽を積んだ大八車が、がらがらと通っていく。鹿ケ谷から吹き下ろす湿風は楠の枝を鳴らしている。

栄次郎の頭の中では、初めて見た裸婦と浄らかな娘が、ごちゃごちゃになって回っていた。

○

栄次郎に縁談が持ち込まれたのは、それから間もなく、夏越祓《なごしのはらえ》の頃だった。

店の戸をゆっくりと引き開け、

「ごめんやす。旦那はん、おいでやすか」

という声がする。女は山川カネと名乗った。同業者の印判屋の内儀だった。

亭主の世話になっている礼を述べてから、縮れ毛を気にするように、庇髪《ひさしがみ》を右手で撫でつける。

仕事が一段落したらしく、親方の福田武造も節くれ立った手で煙草を捜した。

「水無月はもうお食べやしたか。小豆は厄除けどして、皆さんきばって食べはりますえ。お上《かみ》が太陽暦たらいうもん張り出さはって、もう何年になりますのやろ。けど、そんなもんで夏が涼しゅうなるわけでもなし。桃の節句に桃が咲かん、七夕は梅雨で星も見えへん、お盆のお供えに胡瓜がナイて、どういうことどすやろ」

お世辞笑いもお手の物で、よく喋る。さすがに商人の内儀だった。

話が長くなりそうだったので、カネにも煙草盆を進めながら、武造は煙管を取り上げた。

一服吸おうとすぱすぱと吹いたのだが詰まっている。

仕方なく紙縒《こより》を拵えて煙管の掃除を始めた。武造はちらりとカネの顔を見やったまま、煙管の黒い脂を引きずり出した。

ふつうの紙縒は、髪を束ねたり、鼻緒をすげたり、煙管の掃除に使われたりと重宝したものである。

お天気話に続いて、女は新京極の芝居小屋は夷谷座のへらへら踊りを絶賛する。

「まだ見たはらしまへんのどすか。俄《にわか》芝居と違《ちご》うて、目ぇの正月みたいに豪華《はで》ぇなもんどす。女役者のお藤小藤の差す手引く手の見事なこと。あれは堪能《たんの》しますぇ。いっぺん行ったら、病みつきにならはりますワ」

金棒引《かなぼうひ》きの口は、なかなか止まらない。

「いや、ここに置いたある看板はなんどす。難しい漢字が書いてあって、うちらにはよう読めまへんけど。ここのお家は学問があってよろしいな」

と持ち上げる。それでなくても福田の貧相な店構えをわざとらしく褒めた挙句、ところでと切り出したのは仲人の上手いところといえた。

「今日お訪ねしたのは、他のことでもございまへん。ここのお店の栄次郎はんの縁談どすがな」

すぐに親方から呼びつけられた。

「おい、丸太町西洞院の東に入ったところの、『鮟鱇屈《あんこうくつ》』という印判所を知ってるだろう」

「はあ、名前だけは聞てますけど」

「あそこはうちの店とは違って、老舗も老舗。何しろ江戸の中頃からの御用印判司だあな。そこの河津勇蔵さんからお名指しがあって、なんとお前に婿に来てくれねぇかとよ」

「……」

栄次郎は息を呑んだ。

「どした。驚いたか。聞こえねえかい。もいっぺん言おうか。お前の腕を見込んで、是非ともお願いしてぇと話しがあったのさ」

親方が続ける。

「跡継ぎの息子がいねぇから、気がもめるらしい。なぁに、ぼんくらな息子なら、叩き出すわけにもいかねえが、娘の婿ならよりどり選べるってもんよ」

内儀のフサも、

「欲どしぃこと言うようやけど、こんなええ話、そうそうあるもんやなし。そら、たいていいやおへん。向《む》こさんも、せいてはるらしいにゃわ。あこの娘はんかて、そらもう評判の小町娘やし」

と口をそえる。

親方は豪快に笑った。

「こいつはそう言うが、なあ。とんだ、オヘチャかもしれねえぜ。はは、面《つら》ぁ見て腰ぬかすな。けど、女は見目形《みめかたち》で選ぶと碌なことにならねぇぞ。うちがいい例《ためし》だぁな」

フサが素早く親方の膝を抓《つね》る。

「いてぇ、なにょォしやがる」

おおげさに痛がるそぶりを見せたが、満更でもない顔だった。

「向こうはお前の腕に惚れ込んで、この話を持ってきたそうだぜ。なんでもあの博覧会で同じ所に並べてあって、遜色ないとベタ褒めだったそうだ。どうだ、ここまで言われて断る手はねえだろう」

その夜、蒲団に入ってから容易に寝つけなかった。

(これはほんまのことやろか)

栄次郎は頭の中で、娘の顔を思い浮かべた。思慮深げな透徹《すきとお》った目が、こちらを真直に見つめ返している。

(あんな別嬪の所に婿に入る?)

これは、喜ぶべきことなのだろうか。

しかし昔から「小糠三合あったら婿に行くな」とも聞いている。婿養子は、舅姑に仕えるほかに、家付き娘の妻にも気兼ねして、一生を肩身狭く暮らさなければならない。

栄次郎は次男だったが、長兄は早世している。跡継ぎとしての責任もあった。水野の家を興すためにはるばる京に上ったのに、婿に行っては面目を失うことになる。栄次郎はとつおいつした。

「まぁ、すぐに返事もしにくかろう。二三日考えてみるがいい」

親方はそう言ってくれた。二三日が四五日、十日、やがて一月あまりになった。

丁度店の吊り看板をはずして、店じまいをしている夕方のこと。突然、山川カネが店の格子戸をがたがたと鳴らした。フサが不思議そうに戸を開けると、

「いや、ゆっくりしてられまへん。実はこの間の話、なかったことにしとおくれやす」

「へ、栄どんの縁談どすか」

「そうどすがな。今、この辺りで腸チフスたらいうもんが流行ってまして、可哀相に、あの娘はん。亡くならはったそうどすえ」

カネは肩で息をしている。年齢にも似合わず、走ってきたらしい。

「まさか。よォいわんワ」

「あてもそんなアホなと思たんどすけど、今、あこの店の前を通りましたら、鯨幕が引き回されてありましたワ」

栄次郎は素知らぬ体《てい》で石印を彫っていたが、思わず力が余ってざくりと手を切った。

「しもた」

寿山石が二つに割れている。

こういう仕事をしているから、たまさか滑って手を切ることもあるが、こんな人差指に食い込むほどの怪我は初めてだった。

ぼとぼとと血が滴《したた》り、手拭で血止めをしたものの、なかなか止まらない。痛みは感じられず、頭の中では娘が死んだという事実がぐるぐると廻っている。

どれだけそこに立ちつくしていただろう。

蚊遣りの煙が流れているのに、蚊の羽音が聞こえた。

「お前が早く返事をしてやらねぇから、がっかり病で死んじまったのよ。そうだ、そうに違いねえ」

親方が傷口に塩を擦り込むようなことを言う。

「そんなん言うたら、まるで栄どん一人が悪いみたいに聞こえますがな。折角ええお話やったけど。ま、ご縁がなかったんどすやろ。仕方おへん。こればっかりは、もうすんでしもたことやよって」

「おい、怪我くれぇじゃ、仕事は休ませねえぜ。ちゃんと期限までに仕上げることだ」

栄次郎は青白い顔で頭を下げた。

○

店の前の往還を青北風《あおきた》が吹いている。油蟬がツクツク法師に変わる頃になった。

京の油照りにうんざりしていた人々は、涼風の立ち初めたことを喜ぶ。

「やっと、秋どすな」

「湿気を払うてくれて、ほっとしますわな」

「これがもうちょっと続いてくれるとほんによろしおすにゃけど」

たちまち二百十日の野分の襲来である。雨や雷に驚いていると、もう冷たい雁渡《かりわた》しが木々の枝を鳴らす。

この竹屋町界隈には、東西屋がよく来たものだ。三味線や鉦や太鼓の賑やかな音色が、狭い路地に谺《こだま》する。法被《はっぴ》姿の幟《のぼり》持ちを従えて、人気の的は女形の三味線弾きだった。

切子格子《きりこごうし》の福田の店の中からは、外の様子が手に取るように見える。

集まった子どもたちはバッチョ笠に拍子木を打ち鳴らす男を囃《はや》したり、散らし（引札）を配る女に群がっている。

「また新店かいな。今度はどこや」

往還に面した仕事場で刃物を持つ手を止めて、職人のひとりが「しゅん」と鼻を啜る。すると、ちょんちょんと拍子木が鳴った。

「東西《とざい》、東西《とおざい》。でけました、でけました。うどん屋はんがでけました。所は二条新町、つるつる屋。きつね、しっぽく、玉子とじ、あられ、あんかけ、おだまき色々。開店祝いといきまして、向こう三日は、なんでも三銭引にて大勉強。たんとお運びを願い上ぁげます。まずはそのため口上左様、東西東西ぁい」

「うどん屋かいな。じゃかましいな」

「そんなこと言うたかて、うちらが作《や》った、散らしを撒《ま》いてるのかもしれへんし。ご互いさまやなぁ」

「ほ、そやった」

職人たちは首をすくめ、陽気に笑い合った。

新妻

とんとんと微かな音で栄次郎は目を覚ました。雪隠《せっちん》へ行くふりをして、裏の勝手口へまわった。

音の出ないようにゆっくり雨戸の猿を落とすと、番頭の伊平が足踏みしていた。すまんすまんと片手を上げて拝むようにする。お互い無言でいつものように足音を忍ばせた。

「いつまでこんなこと、続けるつもりどす」

「わかってる、て。だいない、だいない」

しゃあしゃあという。

伊平が新京極の夷谷座に通い出したのは、去年のことだった。初めて見た女役者に目を奪われたのである。

「そら、なんちゅうても、へらへら踊りは、ごっついたまらんわ。面白いのなんの。まず聞いてぇな」

寄り合いの流れで、たまたま芝居小屋へ行ったのが運の尽きだった。帰るなり興奮が覚めやらぬ体で、蒲団に入ってからも栄次郎の袖を引いた。これを喋らないことには寝られないらしい。

伊平は身振り手振りをつけて、嬉しそうに一席をぶつ。

青白くむくんだ顔に太い眉、気前はいいのだが、どちらかというと醜男《ぶおとこ》に入るだろう。

その伊平の顔が真剣なだけに、栄次郎は笑うに笑えなかった。いい加減な相槌を打つのも退屈である。欠伸《あくび》を嚙み殺して、ほな、お先きにと言うと、伊平はやっと背をむけた。

このところの新京極は、万国旗を飾り立てたような、まばゆい彩《いろど》りにあふれていた。新しい時代の波を感じさせるような、鞄や靴や袋物の店が軒を並べ、その中心に三階建ての劇場があたりを睥睨《へいげい》していた。

「あのけったいな音はなんどす。相撲の触れ太鼓によう似てますけど」

「芝居のしゃぎりとかいう、囃子と違いまっしゃろか」

西洞院から室町あたり、中京界隈はもとより近所でも寄ると触るとこれである。床屋や風呂屋や、ばったり床几で将棋を指しながらの話でも、芝居の話題で持ちきりだった。

はじめはあほくさと鼻であしらっていた伊平が、番頭仲間の術中に嵌まり、女役者に首ったけとなったのは皮肉と言えば言えた。

「何がええんどす」

栄次郎も親方の目を盗んで尋ねてみた。

「そやな、女役者が揚幕から出てくるやろ。ほてからちょっとこう科《しな》を作って、流し目をつうーと使うてな。首をがっくり垂れると思いや。すると、髷《まげ》の紅色の手絡《てがら》が首筋にこうかかって、鬢《びん》のほつれの二筋、三筋たれる。その色っぽいこと。ほんに、えも言われん」

「ふーん」

栄次郎は目をぱちぱちさせる。さっぱりわからない。

「当たり前や。あたりきしゃりき。まだ、あんたみたいな嘴《くちばし》の黄色い者《もん》に、この舌なめずりする男《わし》の思いなんぞ分かってたまるかいな」

それは一口には言われんもんや、ふふふと伊平は勿体《もったい》をつける。

「番頭さん、よだれが出てまっせ」

「ほっちっち」

かもてなや、と剣突を喰らった。

しかし、こう毎晩のように出歩くところをみると、よほど女役者に手玉にとられているに違いない。

これを親方にご注進に及んでいいものかどうか。栄次郎はこの番頭には入門からずいぶん世話になっただけに、言いにくかった。

そんなこんなで、うだうだしていると事件が起こった。

「おい、お前、何か聞いてやしねえか」

「は」

「伊平が消えちまったぜ、昨夜《ゆうべ》っからだ」

「え」

そういえばと栄次郎も顔色を変えた。

「おぅおぅ、業腹だぜ。飼い犬に手を嚙まれるたぁ、このことだ」

と親方は、忌ま忌ましそうに舌打ちした。

伊平が女役者と駆け落ちしたのは、祇園祭の宵宮《よみや》だった。

津々浦々から大勢の人間が流れ込む祭りである。人混みに紛れてしまえば、どうにも探しようがなく、当人たちにとって、これほど絶好の機会もなかった。

「まったく、べらぼうな野郎だ。どうしてくれよう。悪知恵もここまで働くたぁ思わなかった」

なんでも、方々の掛け取りをしてその金を懐に行方をくらましたらしい。

「女の色香に迷ったんだとよ。お前、知ってたんじゃねえか」

あちこちからの借金が積り、不義理で首が回らなくなった末の犯行のようだ。しかし、それほど追い詰められていたとは思わなかった。

「知りまへん。ほんまに、いっこも知りまへんがな」

栄次郎はあわてて首を振った。いくら番頭だからといって、こんなことに巻き込まれるのはごめんである。知らぬ顔の半兵衛をきめこむしかない。

「まったく馬鹿な野郎さ。店の迷惑もたいていのもんじゃねえ。くそ、面白くもねえ」

どうやら福田の店を信用して実印彫りの註文をした上に、前金を支払った客が少なからずあったようだ。

「寸借詐欺っていうんだとよ。伊平も太いことをやらかしてくれたもんだ」

その穴埋めに栄次郎もさんざん夜業《よなべ》をさせられて、へろへろになったある日。

「おいでやす」

手代の新七の声がする。店先の人影が日傘をおろした。

山川カネが、また縁談の釣書を持って訪れたのである。

「べっぴんさんで、気が利いて、それはちょっとええお娘《こ》どっせ」

年は十六、東洞院押小路上ルの官吏の家で女中奉公をしている娘だという。

親方は頷いて、栄次郎に声をかけた。

「お前、歳はいくつだい」

「二十四です」

「ほう、頃合いか」

栄次郎も独立を考えていたから、これが切っ掛けで嫁を貰えるならそれに越したことはない。お任せします、どうぞよろしゅうに、と頭を下げたのだった。

今まで沢山の縁談をまとめてきたらしく、カネは頼もしそうに胸を叩き、身体を揺らせて笑った。

「はあ、それはええ塩梅で。そんならこのお話、勧めさせて戴きます。いや、こういう話はご縁のもんどすやろ。あんじょう行くときは何もせんかて、するする纏《まと》まるもんどすえ」

○

大八車に漬樽《つけだる》をのせて、漬け物売りが通る。

「スグキいらんかいなー」

霜月も末になると、深泥池《みどろがいけ》のスグキ蕪の漬け物は、発酵が効いて味がよかった。漬け物好きの者は、スグキと聞いただけで口の中に唾液《つば》が出てきて、空腹をおぼえたものだ。

縁談はとんとん拍子に進んだ。この当時は別段、見合いなどということも行われない。結婚の当人たちは棚上げされたまま、いよいよ式当日となった。

「初めて顔を逢わせた時、びっくりしましたえ。頭《つむり》に髪の毛ぇが一本もないんどす。仲人さんは、そんなん一言も言わはらしまへん」

花嫁の軽森するゑは、後年何度も語ったものである。

「誰ぞが、いちびってはるのかと思いましたえ。なんぼなんでも、ちょっときつおすなぁ。ほんまに心がつぶれてしもた」

年が明けて十七歳の美しい花嫁だった。

栄次郎が覗き込むと、するゑは花嫁らしく濃い化粧をしていた。紅を刷いた頬が、ふっくらと匂い立つように見える。小さな唇には流行りの小町紅が塗られていて、黒目勝ちの眸《ひとみ》は可憐だった。

「あんたさん、そのおつむりは」

初夜の晩にするゑがおずおずと訊ねると、

「この頭か？　これは昔むかし台湾へ行ったときの土産でな。あんまり髪が多いさかい、邪魔くそうて、すっくり向こうに置いてきてしもた。これがほんまの置き土産」

「うちはまた、どこぞの親戚のおじさんが来たはるのかと思いましたえ」

「はは、百人一首《ひゃくにんしゅ》で、源俊頼朝臣《としよりあそん》はんの歌にあるやろ。憂かりける人を初瀬の山おろし、の続き知ったはるか？」

「へえ、はげしかれとは祈らぬものを、どすやろ」

「違うがな、ハゲになれとは祈らぬものを、やで。そう言うて、子どもの頃に歌留多とってたんやけどな」

「いやぁ、ほんまどすか」

「けど、散髪代がいらんで助かるやろ」

二人ではじけるように笑った。

○

「福田印判所は、あの手堅い番頭の水野はんの腕で持っている」

というのが近所隣のもっぱらの噂だった。番頭になった栄次郎の評判は、じわりと蔭で広まっていたようだ。

寄り合いで職人たちと顔を合わせたときも、挨拶がガラリと違って、その丁寧なことに驚いたものだ。

「あんさんどすか、福田はん所《とこ》の番頭はんは。いっつもよい仕事、したはりますな」

笑いながら親しげに話しかけてくる五十男がある。

「滅相もございまへん。まだまだ修行が足らしまへんにゃ」

「そやけど、鈴《お》し易い。判子はお飾りやのうて、毎日つかうもんどすさかい、これが肝腎肝文《かんもん》。見た目はちょっとも変わらへんのに、どこが違いますのやろ。あんだけのもんは珍しおす。いっぺん習いに、うちの職人を行かせよかいな」

「そんな、わやくを。まあ、印面が他所《よそ》さんよりはしっかりしてるかもしれまへん。それだけは気ぃを抜かんようにこつこつやらしてもろうてます」

「いやいや、鈴しだけやのうて文字自体もええのどす。相当《えらい》筆も立ってはりますな。これは只者やおへん。欧陽詢《おうようじゅん》やら道風《みちかぜ》、行成《ゆきなり》、佐理《すけまさ》など、よっぽど書の稽古をしたはるお人やなァて、寄ると触ると言うてます」

「そんなお上手言うて」

「いや、ほどらいと違います。この龍雲堂文造の目ぇに狂いはありまへん。これはべんちゃらやない。ほんまのことどっせ」

「あ、あの老舗の」

栄次郎は眼をみはった。龍雲堂といえば、寺町四条の目抜き通りに五間間口の威容を誇る印章店である。

かしき造りの屋根には、龍紋で縁取った御印判師という看板と松の盆栽が据えてあり、遠くからでも好い目印になっていた。

板敷の仕事場には二六時中、十人ほどの職人が背中を丸めて働く姿がある。栄次郎は納品の版木を抱えながら、その活気に溢れる有様をちらちら横目で見て通ったものだ。

漆に純金箔を施した立看板の「金石玉牙印章篆刻」は、いつ見ても憧れの的であった。

その老舗の主の慇懃な口ぶりに、栄次郎は胸が詰まった。職人気質は厳しいもので、けなすことはあっても、こうやって掛け値なしで褒めてくれることは珍しい。喜びは殊の外深かった。

(別家、暖簾分け)

という言葉が、目の前にふわりと浮かんでは消えた。嫁をもらって通いの身になったが、未だに何の話もない。

栄次郎にしても今やそこそこの自信はあったから、後は親方の胸三寸だった。

「よおーし、お前はもう一人前だな。そろそろ店を持ってみるか。暖簾を分けてやるぜ」

気っ風《ぷ》のいい江戸っ子らしく、すぐにそう言ってくれるに違いない。その一言を待ち侘びて、黙って辛抱してきたのである。しかし何カ月たっても、一向にそれらしい様子もなかった。

毎年九月二十日からの蛭子講《えびすこう》は、職人の息抜きの日でもある。出入りの職方の招きを受けて、栄次郎もたまたまその員数に加わったことがあった。

その「尾澤」という店は柳馬場六角にあり、福田印判所よりはかなり大きく、十年も前の京の案内書の「都の魁《さきがけ》」に載ったことを一つ話にする所だった。

旦那や親方の挨拶が済むと、一座は砕けて無礼講となる。銚子を持って客たちに頭を下げていた松助という番頭が、ふと栄次郎に顔を寄せてきた。酒を勧めながら、

「おせっかいと思わんと聞いてや。あんた、もうそろそろ一本立ちしたらどうや。機いは熟してるがな」

あたりを憚るように、身体をすりよせて囁く。

「へ」

いきなりそんなことを言われるとは、思いもよらなかった。栄次郎は口ごもりながら低い声を出す。

「そやけど、まだ親方がなんにも言うてくれしまへんし」

「あほかいな。福田の親方はしぶちんやさかい、せんど煽《おだ》てて、あんたを飼殺しにするつもりやで。向こうの出方を待ってたら、日ぃが暮れてしまうぞ。もっとやいのやいの言うてみんと。な」

番頭仲間にずけずけ言われて、栄次郎は初めて己を顧みた。

あたりを見回すと、同年代の丁稚仲間、同輩は次々と暖簾分けしてもらっている。そのうえ今から独立するにしても、御礼奉公は一年と決まっていた。早くしなければこのまま、ずるずると箍《たが》をはめられてしまうかもしれない。

栄次郎が意を決して親方に伺いを立てたのは、冬の足音の聞こえる亥子餅《いのこもち》の日だった。

「むむむ」

福田武造は、長いこと唸っていた。

「ちきしょう、またこれだ。なんで、なんでぃ。このところ腕がいいなんて、ちょいとばかし褒めたら、調子に乗りゃァあがって。お前、この店の恩というものを考げぇてみたことがあるのかい」

と、どこまでも権柄《けんぺい》ずくで押してくる。

年季も明けて十二分に恩返ししたのではないか、と口答えしたかったが、それを言っては喧嘩になる。

半ば出かかった腹の中の苦い塊を、ぐいと押し込んだ。

まさか栄次郎もこのまま、「福田印判所」と縁が切れるとは思っていなかった。恩は恩として有り難く受け止めつつ、今度は新しい店で少し己の絵を描いてみたい気がするのである。

「それは勿論どす。ここまで親方に仕込んで戴いた恩返しは、きっとさせていただこうと思うてます」

「ふん、口先ばかりのお為ごかしよ。なんとか言ってらぁ。これだけ手塩にかけて大事に育ててやっても、恩に思うどころか、当世の若い奴ぁ平気で後足《あとあし》で砂をかけていきゃあがる」

やがて渋り渋り店出しは認めたものの、別家料はもとより、通常は祝儀として回してくれるはずの顧客を一人も許してはくれなかった。

「えげつなー、あきれた親方や。そんなこと続けてると先にええことはあらへん。因果はめぐる小車《おぐるま》の、て言いますわな」

「あんじょう儲かったのも番頭はんのおかげやのに、二百や三百の別家料も出さんとは、よぉいわんわ」

ずいぶん同情してくれる仲間があったが、

「かまへん、かまへん」

栄次郎はかえってサバサバしたものだった。

鍛えた腕があれば、客のほうから寄ってきてくれる。そのためには、手を抜かない仕事をするのがなによりの身上だった。たとえ口銭の薄い仕事であろうと、正直に誠実に真心をこめること。それは持論でもあった。

御礼奉公の一年は、立つ鳥跡を濁《にご》さずの思いで勤めた。贔屓の客にも別家のことは、全く伏せた。

するゑの里には、資本金《もと》もないのに、ほんまに大丈夫《だんない》のかと念を押されたものだ。

仲のよい葉茶屋の番頭の幸助が、

「ええか、行掛けの駄賃やと思て、親方の留守にこっそり顧客の所書《ところがき》を書き写しておきや、まるっぽ。それぐらいおけんたい（あたりまえ）やで」

こんなことを唆《そそのか》す。

「そんなん、できひん」

「なんでぇな。ぐうの音《ね》も出んように、どやしたり。あんな真向きの牡丹、吝《しわ》ん坊にはそれくらい、やくたいかけてもかまへん。わしの言うこと間違うてへんと思うけどな」

それでも栄次郎は否と首を振る。意地でもそんな卑しい真似はできなかった。

御幸町御池の借家が見つかると、するゑと連れ立って、近くの恵比寿神社へお参りに行った。

「早速のお願いで恐縮どす。まず無病息災、家内安全、福徳自在、ええとそれから心願成就、そやそや厄除《やくよけ》に開運祈願に、おい、まだあと何ぞないか」

「そんな沢山《たんと》お願いするのどすか」

するゑは呆れたが、栄次郎はさんざん迷った末、五銭の賽銭《さいせん》を抛《ほう》り込んで手を合わせた。

「ちょっと、あげ過ぎかいな」

とは思う。しかし、これでも財布の底をはたいたつもりの椀飯《おうばん》振舞なのである。

年季奉公が明けた御礼と、新しい店の繁盛祈願を追加したからだった。

水野栄次郎が御幸町御池に「印章木版彫刻所・水野弘技堂」という店を出したのは、明治三十三年（一九〇〇）、東京京都間の長距離電話が開通した年だった。

文明開化の波もようやく市民に広がりつつある。明治二十二年（一八八九）に「京都電燈」が営業を開始して以来、町並は急速に明るくなっていく。

「いままでやったら、夜道は怖いと思てましたけど、もう安心どすな。そやけど、こう明るうなったら、幽霊《ゆうれん》も出る場所がなくなって困ったはりますやろ」

するゑはそんなことを真顔で言ったものだ。

○

「お待っとうさん。今日もええお日和で」

入口から馴染みの白川女が顔を出した。

頭を白手拭で包み、紺絣の着物に前垂れ、手甲脚絆の女がやって来るのは毎月五のつく日だった。

「おぅ、ご苦労さん」

栄次郎は声だけで挨拶して、仕事にかかりきりである。内儀のするゑは、昼御飯の支度で芋の皮を剝いている。

京の町家は間口が狭く、奥行きが深い。入口から裏口までは通り庭になっていて、その庭に走り元がある。

走りとおくどさんの上には、新しい荒神松を供えた神棚があった。竈《へっつい》の上の荒神様には、布袋《ほてい》さんが並べてある。

「まぁだ、ふたつどすな」

「へえ、毎年初午《はつうま》の日ぃに、お稲荷さんで買《こ》うて来まっさかい」

するゑは別嬪というほどではないが、唇をきゅっとひきしめている顔は、栄次郎も、オヤと見直すほど眩しかった。

「どうぞ、この月も無事で過ごさせてもらいますように」

するゑは月初めに掃除をして、そう拝む。柏手を音高く打つのは、それだけ、ちゃんと見とぉおくれやす、よろしゅうお頼申します、という気持を込めているからだった。

「この布袋さんを七体、背ぇの高いのから順におまつりしますのえ」

それが、京都のきまりだった。毎年買い揃えていても、家に不幸があった時は、忌《き》服《ぶく》がかかるといって打ち切らねばならない。七体揃っている家は、その間お葬式がなかった、つまり幸福の続いた、めでたい家ということになる。

布袋さんの脇には荒神松が飾られて、これを日ぎめで取り替えてくれるのが白川女だった。それだけでは利が薄いとみえて、仏花や番茶も用意してくる。

勝手知ったる他人の家とばかりに、花の水を入れ換え、番茶も古い葉を脇に避《よ》けて、新しい茶葉の上に乗せるという細やかさがあった。

「たまには一服、どうどす」

というするゑの言葉を受けて、白川女は一息入れた。

「あんなぁへぇ、聞いたはりますか。この先の米屋さんの話」

義憤にかられたように話し始めた。

「ついこの間のことどす。うっとこと同じように、お米の配達に荷車を引いて歩いたはったそうどす。あいにく雨がぱらつき出し、あわてて油紙で荷物を覆うて、傘を片手に荷車を引き始めたそうどす。ほしたら、松原署の巡査はんに、コラ、まてまてと止められて」

「巡査はんて警察かいな。なんでどすやろ」

「それがあんたはん、びっくりしますぇ。雨のなかに傘さして荷車は引いたらあかんて言わはりますのやて、えらい怒られて、その上、通行違反切符ちゅうのを切られてしもたんやそうどす」

「へ、通行違反。それがなんで違反になりますにゃ」

「そうどっしゃろ、けったいなことどす。そらぁ傘で前が見えへんさかい、人にぶつかるからかもしれまへんけど、けどなぁ、そこまでせんかてよろし。殺生やわ。米屋の旦那はんもよっぽど腹が立ったとみえて、お仏壇《ぶったん》にその紙、貼ったりましたワ。難しい文言《もんごん》どしたけど私《うち》も腹が立ちましたさかい、きっちり覚えてきましたえ」

「へえ」

「えーと、違警罪即決言渡書《いけいざいそっけついいわたししょ》いうのどすて。そやかて罰金、なんと三十銭どっせ」

「ひえー、えら高ぉおすな」

誕生

栄次郎とするゑに初めての子どもが生まれたのは、明治三十四年（一九〇一）の三月四日のことだった。

男の子である。雨上がりの空は晴れ、中庭の白梅が満開だった。栄次郎は、奥の離れで生まれたばかりの赤ん坊を覗き込み、

「おおきに、めでたいこっちゃ」

と、ちんちんを確かめて喜んだものだ。

「やっぱり、ご先祖さんと『染殿地蔵《そめどの》さん』のおかげどすな。安産祈願は此処《ここ》や、ここにお参りしたら、そら間違いないいて、みな言うたはりました」

「すやろ、なんしか彼処《あこ》は、お大師はんにお地蔵さんに、そのうえ清和天皇さんがついていてくれてはるにゃ。鬼に金棒、弁慶に薙刀、百人力や。しかも今日はゾロ目と

きてる。三四三四て語呂もええし、覚えやすい時に生まれてくれたわ。おかげを戴いてるな」

そう言ったものの、栄次郎は日切りの仕事に追われて働きずくめである。赤ん坊を朝夕のぞきに来るくらいで、産湯をつかわせることは勿論、なかなか抱く暇さえなかった。石の粉や木くずにまみれた主の姿を見ながら、するはため息をついた。

常日頃から無口で余計なことを言わないので、子どもが出来たらしいと告げたときも、

「そうか」

の一言だけだった。

もっと喜んでくれるものと思っていただけに、そっけない口調は当てがはずれて、なんだか哀しかった。

けれど、思い過ごしだったのである。栄次郎は納品の帰りに、わざわざ遠回りして、新京極の「染殿地蔵院」で手を合わせていたという。かかりつけの産婆が偶然見かけて、

「初めてのお子が嬉しゅうない親が、どこにあるのどす。旦那さんは蠟燭まで灯《とも》して、

しっかり拝んだはりましたえ。男親て、みなそんなもんどす」

と、こっそり耳打ちしてくれたのである。

軽森の里からは戌《いぬ》の日を待ちかねて、岩田帯や産衣《うぶぎ》が届き、するゑも暇さえあれば針を持って蒲団などを縫った。

初産は遅れると決まったもので、産婆がもうそろそろと言ってから十日近く過ぎていただろうか。するゑは、夕方からやっと産気づいた。潮の満干《みちひ》につながるとみえて、明け方のお産になった。

「痛うて辛うて、ほんに何ぞ握らんと、いられしまへん。つかまった障子の桟かて、ばりばりへし折ってしまいました。もうもう、子どもはいらんと思たくらいどす」

叫ぶように身悶えして苦しむお産も、産み落としてしまえばなんのことはない。間歇激痛は、けろりと消えてしまうのである。病気や怪我と違うのがそこだった。

「妙なもんで痛みがしゅっと消えると、ふうっと爽やかな気持になります。不思議なもんどすな。あれだけ七転八倒していた我が身が、雲の上に乗ったように嬉しゅうなって。母親になったちゅう誇らしさもあるのかもしれまへん。女が阿呆なんは、あの痛みをすぐに忘れることどす。そやし、次々と子どもを産めますのやろな」

するゑは、ことのほか安産で、産んだ翌日の夕方からもう台所に立ったほどである。

「桃のお節句はすんでしもたけど、ばら寿司とテッパイ（鉄砲あえ）でもこしらえまひょか」

栄次郎も男の子だったのがよほど嬉しかったとみえて、下戸のくせに客用の酒を膳に据えた。職人たちにも振舞酒を呑ませ、ようやく顔をほころばせた。

「乳は出るか」

「たんと出て、困るくらいどす。みとぉみやす、乳の勢いに噎《む》せて、ややさんがびっくりしたはりますわ」

「あんたの乳が出てもらわんことには、貰い乳せんといかんしな。あれは、かなん。この子ぉにもしものことがあったら」

栄次郎の頭に、福田印判所時代にかかわった赤ん坊の顔が浮かんで消えた。

親方の福田武造は東京生まれで、若いころに京都に修行に来て、そのまま住みついたらしい。三歳上の妻のフサは、もと上七軒から芸妓で出ていた女である。

親方夫婦ともに子ども好きだったが、なかなか子宝に恵まれなかった。

栄次郎が奉公に上がった翌年の春、比良の八講荒れ終《じま》いの頃と覚えている。

その朝、白々《しらじら》明けの東の空にはうっすらと靄がかかり、西方寺の鐘の音も籠もって聞こえていた。

毎日、店の前を綺麗にしているつもりでも、大戸を繰ってみると往還は荷馬車からこぼれた藁屑や木の葉や紙屑、ときには馬の有り難くない汚物まであった。いつものように栄次郎は掃除にとりかかる。

冷たい井戸水で顔を洗ったものの、眠い。若い時はいくら寝ても眠かった。欠伸を噛み殺してくぐり戸を開けた栄次郎は「ふはっ」、と息を呑んだ。

店の前に黒いかたまりがある。猫の死骸かと思って覗き込むと、何やらもやもやと動く。ねんねこにくるまれた袖をめくると、小さな赤ら顔が目に飛び込んできた。弥生三月はもう終わりだったが、夜明けの風はまだ針を含んだように冷たい。

(捨て子か)

栄次郎は胴震いする。あわてて拾い上げてみると、まだ生まれて間もないような赤ん坊が、くしゃくしゃになって泣き声を上げた。

子どもと聞いてフサは飛び上がった。

「そういう時はな、ちゃっとあたりを見回すのえ。親ちゅうもんは、犬や猫にやられたらカナンと案じてるさかい、近くでしっかり見たはるもんえ。誰かええ人に拾うてもらえるのを確かめてから、姿を隠すにゃわ。人影はなかったたか？」

「気ぃつきまへんどした」

栄次郎は頭を下げた。

口では非難がましく言ったものの、赤ん坊を抱き取るフサの眼は喜色を帯びていた。

武造も相好をくずし、

「こいつは、ことだ。ま、とりあえず会所に届けておくか」

と黒紋付きを羽織り、せかせかと出かけて行った。

フサはフサで赤ん坊を抱いたまま、嬉しそうに居間をぐるぐる廻っている。

「ええ子、ええ子。女の子やて。あんた可愛《かい》らしいなぁ」

と、しきりに赤ん坊に話しかける。いつもの内儀とは人が変わったように、頬に吸いついたり、口をぱくぱく開けたり閉めたり、その有様はさながら百面相の如くである。

（まるで別人や）

栄次郎は吹き出した。

「あ、指吸うてる、お腹が減ってるんやな」

と初めて気がついたようで、

「栄どん、行平《ゆきひら》でお粥《かい》さん炊《た》いてぃな。水をたんと入れて、柔《や》らこうにな」

と言いつけた。フサは料理が大の苦手だった。

「あとは何がいるやろ、あ、すやすや。おしめを縫わなあかん。確か古い浴衣が柳行李に直してあったよって。ふう、せつろしいなぁ」

フサは汗だくである。風呂の用意に着替えに、かいがいしく動き廻った。

その日から夫婦は註文仕事を打ち捨てて、赤ん坊に掛かり切りになった。

「おい、重湯《おもゆ》ばっかりじゃ、だめだってんだ。乳だ乳だよ」

「せやけどこのあたりで、子たちが生まれた所いうたら」

貰い乳を探す役目が栄次郎に廻ってきた。この時代どこの町内でも子どもは多く、いくらでも乳を吞ませてくれる家がある。

「あんた、今ききましたらな、二条室町の中井糸子はんに、この月、男の子ができましたんやて。ほれ、昔、上七軒でうちの妹分だった糸子はん、知ったはりますやろ」

結局、卯月初めから秋口にかけて、栄次郎がその赤ん坊を連れて、乳貰いに通った。

ところがそれが仇《あだ》となったのである。

初めのころは丸々していた女の子が、夏を越すと急に顔色が悪くなった。あやしても、あまり笑わない。不機嫌な様子で、泣く声も弱々しい。

「なんでやろ。お乳もたんと呑ましてもろてるのやろ。栄どん、向こさんの赤ちゃんはどうえ？」

「ようわかりまへんけど、なんやら、このごろ、あちらのぼんぼんも白眼《しろめ》むいて、ひきつけ起こすて、ゆうてはりました」

「ひえ、こらえらいこっちゃ。どないしょ。医者《くすっ》はんに連れていきまひょ」

「いや、こういうときは御祓《おはら》いだろうぜ」

原因が分からず、夫婦は必死で神仏や呪《まじな》いの威力を借りて禍《わざわい》を取り除こうとした。たまりかねて、医者に担ぎ込んでも要領を得ない。

そうこうしているうちに、はらはらと時雨の降る朝、赤ん坊は息を引いてしまった。

「あんた、もうあかんて医者はんが」

「やっぱりだめか」

「せっかく子ぉができたと思たのに、なんでうっとこばっかりこないな目ぇに。そや、鍵屋の蘇命散のましたら生き返るかもしれへん。な、あんた頼んでみてぇな」

「医者さんが首をふってるじゃねえか。無理だぜ」

「いやや、いやや」

髪を振り乱して、フサはいつまでも泣き叫んでいた。

「あこのぼんぼんにここの嬢ちゃん。ニコニコして可愛いさかりどすやろ。ほんまにほろないなぁ。立て続けに亡《の》うならはって可哀相で見てられしまへん」

京雀も噂したものだ。

明治初年でも乳児死亡率は高く、そのため、子沢山の家はふつうであった。数多く産めば、何人かは生き残るはずである。

しかし、明治二十年代から大正中頃にかけて、上方でこういう奇病の流行があった。元気だった赤ん坊が夏になると、突然ひきつけをおこし急死するというものである。

明治三十年（一八九七）、京都に帝国大学が出来る。医科大学小児科がつくられたのはその後だった。ドイツに留学して学んだ平井毓太郎《いくたろう》が、その初代小児科教授となった。

この奇病に注目した平井は、症例を渉猟する。たどりついたのは、天覧歌舞伎であった。

明治二十年（一八八七）四月二十六日、天皇陛下を迎えて開催したのは、東京麻布鳥居坂の井上馨外務大臣の屋敷である。

当代きっての名優である九世市川團十郎、五世尾上菊五郎、四世中村福助たちの「勧進帳」に観客は沸き返っていた。

ところが芝居途中、義経役の福助が立ち尽くしてしまう。

「あれほどの名優でも、上がるのか」

福助が緊張のあまり震えているのかと、誰もが思ったという。動けなくなったのは、白粉《おしろい》に含まれる鉛の中毒が原因だった。

昔から紅や白粉は女の命で、美しくなるためには多少の苦痛をも厭わなかった。

鉛を入れた白粉はひときわ白く、またよく伸びて使いやすい。明治中頃から厚化粧が流行したのも、この利点を全面に押し出したからである。歌舞伎役者や芸妓舞妓は、職掌柄たくさん塗り立てた為に、鉛毒で倒れるものが続出していた。

京都の鉛中毒が判明するのは大正になってからで、平井教授が警鐘を鳴らすまで、祇園などの花街を中心にじわじわと広がっていたのである。

炎天下の夏、母親は汗止めに顔や襟足に白粉をつける。乳を呑む子どもが、それをまともに吸収してしまったというのが事の真相だった。犠牲になった子どもほど、憐れなものはない。

福田の内儀は冷たくなった骸《むくろ》を抱きしめて、

「いやや、いやや」

と叫びながらいつまでも離そうとしなかった。無惨としか言いようがないあの光景を思い出すのはつらかった。

栄次郎はごくりと唾を呑んだ。

「去年もジフテリアちゅうもんが流行ったやろ。ほんに、ひとつ気になりだしたら、むさんこに続くやないか。ここいらでも出たし」

「そうどす、錦の風呂屋のぼんぼんどすがな。まだ二つか三つどしたえ。夜《よさり》にエライ熱出さはって、風邪かと思たら喉をぜいぜい言わして。真赤気《まっかいけ》になって、コーンコーンちゅう咳するんどすな」

するゑも頷く。

「息が出来んようになって、窒息みたいになるらしい」

「かなんわ。暮れから年明けにも、大阪や和歌山でペストが大流行て聞きましたえ」

栄次郎はしゅんと洟《はなみず》をかんだ。

「尻から尻から驚かさんといてや。ペストて、ほんまか。そら、えらいこっちゃ。黒死病ちゅう名前があるあれやろ。流行りの元凶《もと》が鼠なら、どこにでもいるがな」

「ひやあ、もうそんな恐い話せんといて。ぞぞげがたちますぇ」

「そやけど、なんでうちの子ぉが生まれた時にかぎって、こんな恐ろしい病気がせんぐり出て来るんやろ。なんぞの祟りかしらん」

「そんなあほなこと」

するゑは、真顔でかぶりを振る。

「それより、あんたはん。ぼちぼち名ぁをつけんと、もうお七夜の祝いどすえ」

「そんなん大丈夫《だんない》、わしに任しとき。きっちりここに書いたぁる」

栄次郎は、掛硯《かけすずり》の抽斗《ひきだし》から折り畳んだ奉書紙を取り出した。

待ちかねたするゑが、心急《せ》く思いで広げて字面《じづら》を目で追いながら、声を張り上げた。

「何々、温泉《ゆ》上りの樓《たかどの》 涼し夜の雨。なんどすぇ、これは」

読み上げて、するゑは首を傾げた。栄次郎もきょとんとした顔つきになる。あ、しもた、と飛び上がった。

「違《ちご》た違た、それはわしの俳句。この紙やない」

しどろもどろで、紙をひったくる。するは首をすくめて笑い出した。亭主がこんなに狼狽する姿を初めて見たような気がする。

一目見ただけだったが、するはなかなかいい五七五だと心に刻みつけた。

栄次郎にしてみれば、俳句はまったくの独学だから、他人《ひと》に見せる気は更々なかった。

ただ仕事に埋没する暮らしの中で、ちょっとした息抜きというか、たしなみで十七文字をひねっているだけである。

いつもは掛硯の奥にしまい込んであったのに、今夜は嬉しさのあまりほろ酔い気分で、ついうっかり出してしまった。もともと酒に強い身体《たち》ではない。

「これこれ、この紙やがな」

掛硯をごそごそ手探りしていた栄次郎は、お目当ての奉書を取り出して広げた。

するが覗き込むと「八百喜」とある。

「な、ええ名ぁやろ」

「へぇ、なんやらおめでたい名前のようどすけど、なんと読むのどす」

「やおき」

ほうー、とするゑが感慨深い声を出した。

「あのな打明《ぶっちゃ》けたとこ、これは親爺の名ぁや」

水野家の当主は代々八左衛門を名乗っている。八百喜はその父の幼名だった。この元気な男の子に、これほど相応《ふさわ》しい名前もないのではないか。数かぎりない喜びが胸から溢れるようでもある。八百萬《やおよろず》の神様《かみさん》にもこの喜びを分けて差し上げたい、と念じた命名である。

「この子のためにもきばらなあきまへんな」

するゑの言葉に栄次郎も頷いた。

「丁稚も少し増やして、店も大きくしょ」

と目を細める。

「そやけど、屛風と店は、広げ過ぎたら倒れるて言いますやろ」

「それやったら、でんぼ（おでき）と商いは大《おっ》きなったら潰れるちゅうのや」

「へぇ」

「どっちでも、せーだい身の丈《たけ》に合《お》うた商売してたら、なんとか暮らしていけるやろ。背伸びはあかん。足元みて、そぉろと行くだけやな」

愛宕山から西風の吹く音が聞こえる。このところ暖かかったが、寒の戻りもあって春の天候は油断がならない。すきま風は冷たく、明日は雨の気配もある。

夜啼きうどん屋が、もの悲しげに、「やーうー」と声をたてて通り過ぎていった。

○

伝え聞くところによると、するゑの曾祖父は丹波亀山藩五万石の武士で、軽森野楊《かるのもりやよう》という俳人だった。

亀山では名の通った神門全瓦《ごとうせんげ》の門人で、野楊は「半月亭」「老々庵」とも号している。

三年以前、栄次郎は婚礼を挙げてから、丸髷に鉄漿《かね》（おはぐろ）をつけた初々しいするゑを伴って墓を詣でたものだ。

亀山城下町の南西の塩屋町に誓願寺がある。墓碑には戒名のほかに辞世の句も刻まれていて、薄美濃紙に釣鐘墨をこすりながら石の文字をたどってみた。

「なんと書いたあります？」

「ええと、『いざ行かん　蚤蚊の世話の無い在所』か」

「おや、まぁ」

するゑはくつくつ笑い出した。

つられて栄次郎も、これはええ、これはええと手を叩いた。

「ほんまに、珍しな。辞世の句なら、普通はもっと偉そに、鯱《しゃっちょこ》張って詠むもんやろ。それがこないに肩の力抜いてはるさかい、すとんと胃の腑に落ちる俳句になってるにゃ。ほのぼのとしてて温かいやないか。その上ふっと、笑える。ふん、さすがにあの時代、……ちゅうたら文化文政か。当時の日本三俳人の一人て言われるだけのことはあるがな」

「ほほ、昔の人もハシカイ、ハシカイて同じように、虫に悩まされたんどっしゃろな。蚤取り粉まいたり、蚊帳つったり。今といっこも変わらんような暮らしやったんどすな。野楊はんの気持、ようわかります」

あんがい野楊は、こんな栄次郎のような飄々とした人だったのではないか。するゑはあらためて亭主を見直していた。

そもそも野楊は芭蕉の十哲、宝井其角の俳風を伝えるともいわれ、かの与謝蕪村とも親交が深かった。するゑも娘のころに、柳行李に入った沢山の手紙を見ている。

「なんでも、野楊はん。東海道の富士山の見えるとこに、芭蕉の句碑を建てはったそうどすえ」

するゑの言葉に嘘はない。参勤交代で東海道五十三次を往来していた野楊が、芭蕉を敬慕のあまり、文化十四年（一八一七）に句碑を建立したのである。

人の背丈ほどの石の表には、貞享四年（一六八七）に芭蕉が柚木茶屋で詠んだ、

「ひと尾根は時雨るる雲か不二の雪　芭蕉」

裏面には、

「時雨るるや矢ひもせず山の月　野楊」

と刻まれてある。

この古色蒼然とした碑は現在でも、富士市富士町の平垣《へいがき》公園の中に残っている。

水野弘技堂

「いやぁ、もう帰ってきたんか。えらい早いやないか。鴨川ならよう揚がったやろ」

　ついさっき「浪に日の出」の紙鳶《たこ》を持って、勇んで出かけた八百喜だった。それが、すごすごと走り元へやって来た。するゑが腰をかがめると、半べそをかいている。

「なんぞあったんか」

「あこのおっちゃんがカンカンや。おんどら何しよるて。川端の電線にひっかかるさかい、紙鳶揚げはもうあかんて言わはるにゃ」

「そんなアホな」

　気がつけば、いつの間にか街中にも広告電燈が上がり、赤や青の光の色が様々な文字を映し出している。

「そら、電燈が明《あ》こうなるのはええけど、子どもの紙鳶揚げまであかんてあんまりやわ、なぁ」

するは八百喜が怒られてきた話をしたものだ。栄次郎は頷きながらも、

「しやおへん、電線が切れると高こつくさかい。すっくりええようにはいかんもんや」

と取り合わなかった。しかし店の往還が明るくなると、客の出入りも多くなる。飛び込みの客は顧客増加にもつながった。

「ごめんやす」

上等の大島紬に山高帽子の男が、水野弘技堂の戸を開けた。

「へえ、おこしやす」

「つかんことお尋ねします。看板に印章てありますけど、印形《いんぎょう》のことどすやろか」

「へえそうどす」

「ほんなら、寺町四条の龍雲堂はんとこみたいな判子、彫ってくれはりますやろか」

帽子を横に置くと、上がり框の座蒲団に坐った。

「へえ、あこの龍雲堂はんや柳馬場六角の尾澤はんは老舗どすけど、うちらもなんとかその間に挟ましてもろうてます。どうぞよろしゅう御贔屓にお願い申し上げます。

お好みでなんなとやらせていただきます」

栄次郎は見本帳を広げた。

口で講釈するより、この方が一目で判かる。印材も天鵞絨《ビロード》を敷いた盆に並べて、一つ一つ説明していった。

「このとろりとした手触りの石が田黄《でんおう》どす。またこちらは、鶏冠《とさか》の色に似てますさかい、鶏血《けいけつ》ちゅう名ぁがついてます。寿山《じゅざん》、青田《せいでん》、昌化《しょうか》が三大石印材どすけど、田黄と鶏血は石中の王様どすな」

「この緑色のは？」

「広東緑《かんとんりょく》ちゅうて、なかなか手に入らん佳石《かせき》どす」

「ほしたら、値ぇも張りますのやろ」

「ま、勉強させてもらいますけど」

「他にはどんな物があるのどす？　うちらみたいな者《もん》は、使い易《やす》うて、値段もそこそこのもんでよろしおすワ」

客は首をかしげ、眼をしばたたかせた。

「それやったら、黄楊《つげ》は使い易い印材どす。これは篆刻価格が一字二銭。水牛は見た目はよろしおすけど、虫にやられることがおす」

「ひゃ、こんな堅いもんが、食べられるてか？　ほんまどすか」

「そらえげつないもんどす。かないまへん。着物や筆かて、よう喰われますやろ。同《おんな》しで、こういう印材を好む虫がいるんどすな。うちらも水牛の角を直す時は、桐箱に樟脳《しょうのう》を入れます。けど、ちょいちょい継ぎ足すのを忘れて、お釈迦《しゃか》になったこともあるのどす」

ま、印肉をつけて使い始めると、大丈夫どっせ、と栄次郎は丁寧に言葉を選んだ。

「見た目は立派どすし、使い込むとそらぁええ風格が出ますさかい、水牛角は大もての印材どす。黒水牛は一字四銭、白水牛は五銭どす。象牙は七銭どす」

「どれにしょ。そやな。実印やし、張り込んで象牙といこか」

「おおきに。それでは字体はどうさせてもらいまひょ」

「そんなもん、なんでもよろし」

「いえいえ、それではもったいのおす。篆書《てんしょ》や隷書《れいしょ》や大和古印体《やまとこいんたい》など色々ありますさかい、この見本のなかで選んどぉくれやす」

「いや、そうか。ほしたらこれがええわ」

男は、大和古印体を指さした。

「なんやしらん、これはええ文字に見えますな。こんなんを実印にしてもかましまへんのかいな」

「へえ、承知いたしました。早速彫らせていただきます」

「そらありがたい。では名刺をここにお預けしておくということで。さて、何日くらいかかりますやろ」

「明日の今くらいの時刻までには何とか仕上げさしてもらいます」

栄次郎は如才なく腰をかがめた。

「そら早うて助かります。いや、近くにこういう店ができて、ほんによかった」

○

御池通の向こうから、

「一二《おちに》、一二。オチニの薬の効能は、痰咳、溜飲《りゅういん》、胸すかし」

と歌声が聞こえてきた。

日露戦争が終わってから、傷痍《しょうい》軍人たちが金モール付きの軍服を着て売薬行商人となっているのである。
四、五人の男が一隊となって調子のいい歌を唄う。
「オチニの薬はよく効く薬。打ち身、てんかん、肩の凝り、インフルエンザに肺の咳、産前産後に痔に疥癬」

と客寄せの手風琴《てふうきん》を鳴らすと、すぐに子どもたちが集まって来る。

「京都はな、世界一て言われたロシアのコサック騎兵隊を破った騎兵第二十連隊があるにゃ。ええとこやろ」

隻脚《かたあし》で松葉杖の男を囲んで、子どもたちははしゃぎ廻る。

「オチニの薬はよく効く薬、呑めばよくなる、すぐ治る。ハ、オチニ、オチニ」

歌声に乗って、からからと店の格子戸が開いた。

「おこしやす」

商人は客の顔を見る前に、まず愛想よく声をかけねばならない。栄次郎は声を張った。

番頭より早く声を上げたものの、木樵《きこり》が薪《たきぎ》を背負うような恰好の男を見て、息をついた。

「なんや貸本屋の茂《しげ》やんか。商売やったら勝手口からにしてや」

軽い調子であしらい、そのまま、鉄筆を動かしている。

「これはご挨拶やな。ま、そやけど、こんな遅うまで忠実《まめ》にお仕事とは、お商売ご繁盛でよろしおす」

茂三《しげぞう》は背負っていた大風呂敷を、上がり框にどかりと置いた。黄昏時《たそがれ》にこの重さでは、借り手が少なかったのかもしれない。

「いらんいらん。今は急ぎの仕事がつかえてるし、貸本なんぞ見てる暇はおへん。これ以上茶々入れてもろては、どもならん。おあいにくさま。それに、困るやないか」

「なんどす？」

「番頭にあんな赤本を勧めよるさかい、夢中になって掛取りを忘れてしもて」

「ああ、ほんなら、金色夜叉どすやろ。あれは赤本やない、歴《れっき》とした世相小説どす。まあ、いっぺん読んどぉくれやす。なんしか面白おす。春陽堂から出した表紙の袋に『近来絶無之奇書』と書いたはりますわ。なんと前編、中編、後編に続、続々と五冊揃いどす。作者の紅葉山人《こうようさんじん》ちゅう人は、もう亡うならはったんどすけど、まだあちこちで引張凧どすにゃ。そやけど、活版印刷てエライもんどすな。うちらのお得意さんもびっくりしたはりますわ」

版下書きの仕事も、活版印刷技術が導入されてから、印判師不要の時代へと突入している。下絵を描き、それを彫って印刷するという、手間暇のかかる木版は過去のものになりつつあった。

「機械のことやゆーて、あなずるとあかんな。すっくりやられてしもて。ほんまにいかれこれや、どもならん」

「凄腕の職人の一日仕事が、なんと半時間で出来ますにゃて。手妻（手品）見てるような気分どすな」

「そら、太刀打ちできひん」

ひと昔前は、新聞一部の量である半紙七枚分の版木を、五十名の職人が必死で彫りあげても、三時間かかったものだ。

それでも、機械印刷の整然とした文字を嫌い、木版独特の柔らかさを求める仕事が、あるにはあった。

寺の経文は減ったが、相変わらず神社仏閣の御札やおみくじや千社札、宣伝広告ビラがそれである。

「京都日々新聞」「日出新聞」などの日切り仕事も跡切れなかったので、店は順調に廻っていた。

「こぉつと。さてどうしょうかいな」

茂三は胴括りの真田紐を握ったまま、ちょっと勿体をつけるように呟いた。

「今日は金色夜叉みたいな貸本や無《の》うて、あんさんの探したはる、珍し珍し篆刻の印《いん》譜《ぷ》たらいうもんを見つけて参じましたんどすけど、せつろしそうどすな。ほな、もうこれで往《い》にまひょ」

(印譜？)

はたりと、鉄筆の手が止まる。栄次郎は目を泳がせた。忙しいと言ったはずの口をひるがえして声をあげた。

「ちょっ、ちょっと待ちいな。ほんまかいな。それを早よ言わな。だれぞお茶《ぶ》ぅ入れて」

仕事を放り出し、機嫌よく膝を乗り出してくる。

「どれどれ。早よ見せてぇな」

栄次郎は子どものように、眸を輝かした。

「あは、これや、あほくさ。ほんまに、ころっと変わらはる。現銀なお人や」

茂三はそう言いながら、くくくと鼻の先で笑った。

貸本の下を選り分けて、亜麻《あま》色と櫨《はぜ》色の二色表紙の唐本《とうほん》を取り出すと、勝ち誇ったように題簽を読み上げる。

「十鐘山房印挙《じっしょうさんぼういんきょ》上下二冊。もちろん原鈐本《げんけんぼん》は高うて手ぇが出まへんけど、これは模刻本か影印本《えいいんぼん》のようどす。これならそこそこの値段どっさかい、いけますやろ」

「いやぁ、これかいな。ありがたい、ありがたい。茂三大明神《だいみょうじん》さまさまや」

栄次郎は印譜を押し頂くと、茂三の前で両手を擦り合わせた。

「そんな蝿みたいに、手ぇまで擦らんでもよろしがな。けど、このお手当てはちょっと気張ってもらわな」

「そらそや。わしもセンド探したんやけど、どこにもおへんにゃ。あんさん、これをどこで見つけなはった」

「そこはそれ、蛇《じゃ》の道は蛇《へび》どす」

「あこの寺町の竹苞書楼《ちくほうしょろう》かて、なかなか入って来いひんし、入ってもすぐ無うなる」

平生はそれほど感情を露にしない栄次郎だったが、この時ばかりは笑み崩れている。

よほどの嬉しさだったのだろう。

ちかごろ、栄次郎は店の仕事が一段落すると、古銅、近人印譜の修得に余念がない。出歩く暇もないので茂三に頼んで、著名な「飛鴻堂印譜」などの蒐集を始めたところだった。先月は新門前の古道具屋で、青銅の鼎《かなえ》を買ったばかりである。

するゑはひとめ見るなり声を上げた。

「いやぁ、かなんワ。ただでさえカンカン照りの日ぃに、この錆だらけのばばちいもん。花活けにかてなりまへん。いったい何に使わはるのどす」

「よう見てみい。抹茶を振りかけたような銹《さ》びに、この文字。実《ほん》にええやろ。おそらく殷か周の金文やないか」

「へ、いんかしゅうのきんぶん？　なんどす。オコリの落ちる呪《まじな》いどすか。うち、そんなんまだ、いっこも食べたことあらしまへん」

よぉいわんわ、とするゑは首をすくめた。

あほらし、かなんワ。という顔をしてみせたら、少しは応《こた》えるかと思ったのだが、栄次郎は黙々と、釣鐘墨を用いて拓本をとりはじめている。

ランプの光が煤《すす》けるまで止めようとしなかった。寝る間も惜しむという有様で、

「あんさん、あんまりキバルと、身体に障りますえ。そろそろお休みやす」

のめり込むと無我夢中になるため、するゑは何度もたしなめたものだ。

栄次郎にとって、蒐集した印譜の鑑賞ほど、心躍るものはない。

(根っから文字が好きなんやろな)

印影を見つめることで、頭に入っている行書や草書の風格が増すように思われる。さらに漢隷や周金文の吸収が、文字に味わいを深め、趣を広げた。これが篆刻の腕に影響を与えないはずがなかった。

世間の茶飲み話などで、

「あんなーへー、水野はんとこの印は、なかなか雅味があって面白おすな」

と評判されていたのだった。

○

小路の向こうから、ぴーという汽笛の音がする。

「あ、羅宇《ラオ》の仕替え屋はんや」

八百喜が嬉しそうに大きな目を輝かした。

「お母ちゃん、煙管《きせる》の掃除、頼みに行こか」

格子を透かすと、蒸気のボイラーを手車に乗せて羅宇屋がやって来るのが見える。

京の小路には、軒から軒を伝って色々な物売りが現れる。四季折々の移り変わりが、売り声で手に取るように分かる。これも小さな喜びには違いない。

「やっく、はらいまひょ」

は、節分の厄払いだったし、

「やぁーきー、丹波ぐり」は焼栗屋。

「きんぎょう、きんぎょう」

と金魚の盥《たらい》を担《かつ》いだ男も通り過ぎる。いつも片方の盥には古い蝙蝠傘が乗っていたが、修繕も兼ねていたのだろうか。

毎日現れるのは、

「なおー」

と言って下駄や雪駄の修理を請け負うおばさんである。

靴は勧工場などで売られていたが、洋服が一般化していないので履物といえばまだまだ下駄や雪駄や草履だった。

物売りの音のなかでも、一番人気だったのは羅宇屋である。

その頃まだ珍しかった蒸気のボイラーを手押し車に乗せて、先端の金属パイプから汽笛を鳴らしながら、小路にやって来た。

京都でも村井兄弟商会から紙巻煙草が売り出されてはいたが、未だに家では刻み煙草を愛用している者が多かった。

水野弘技堂でも来客用には煙管を使う。値段の安い「もみじ」や「はぎ」の刻みを長煙管でふかすのである。

当時は真鍮《しんちゅう》の火皿《ひざら》と吸口金具との中間に羅宇竹をつけた、一尺三寸ほどの長煙管が出回っていた。

この煙管は煙道が細いので、よく脂《やに》で詰まる。それを取るために紙縒《こより》を通すのだが、強く引っ張った拍子に紙縒が切れて、煙道の中に残ったりする。あわてて針金などでつつくと、却って固く詰まらしたものだ。

羅宇屋の親爺は、袖のすり切れた半纏に股引《ももひき》という身形《いでたち》だった。煙管を小さなボイラーの横に並べ、

「見とぉみ。まるで蒸気機関車みたいやろ。この、ピーと湯気を噴出するとこは」

と誇らしげに言う。

珍しもの好きの子どもたちが、わらわらと集まるのも無理はない。

掃除を依頼すると、仕替え屋は羅宇竹をパイプに通して、湯気で内部の脂を取る。面白いほど綺麗になるので、八百喜も飽《あ》かずにながめたものだ。

本来、羅宇屋は掃除より羅宇の取り替えが主のはずである。

しかし不思議なことに新品を売りつけようとはせず、少々古い品でも、

「まだ使えますえ」

と掃除しかやらない。修理の利くあいだは、何度でも繰り返して使う習慣が根強く広がっていたからである。

鋳掛屋《いかけや》や瀬戸物直しも、いかに早く上手に直すかという、修理の腕前を誇っていたような風がある。金儲けより、少々足を出しても己の達成感と職人の心意気を売っていたのかもしれない。だから、

「見とぉくれやす。新品《さら》と変わらしまへん」

と言ったり、

「この鍋、前より丈夫になりましたわ」

と胸を張って修理品を届けに来たのである。捨てるなどとは思いもよらない。勿体ないの言葉どおり、物の本体を失するまで使い切る。それがあたりまえと、誰もが信じていた時代だった。

「おかあちゃん、あのハナクソまた食べたいけど、もうあらへんの？」

息子の八百喜が、縁側に置いた張り板を遊び道具にして、登ったり滑ったりしている。

するゑは木綿糸で、ひと針ひと針、丁寧に足袋の継ぎをあてている。毎日洗濯するものだから、どうしても爪先には穴があく。たとえ些細でも、こういう心がけが節約につながると、するゑは信じて疑わない。

「そやな。そろそろ灌仏会《かんぶつえ》やさかいハナクソ、いつもの行商のおばさんが、持ってきてくれはるやろ。あれは香ばしいて美味しいな」

ハナクソとは砂糖醤油で味をつけた黒豆入りのあられのことだった。

わら半紙で拳大《こぶしだい》にねじってあって、開くと炒り豆と赤や青のアラレがあらわれる。

灌仏会のお下がりで、文字で書けばお釈迦さんの花供祖だが、耳で聞くと鼻くそに通じる奇妙な言葉で、子どもは真っ先に覚えてしまうのだった。

○

「ちょっとお伺いいたします」

「印章木版彫刻所・水野弘技堂」の軒吊り看板をちらりと見ながら、紺木綿絣に黒羽織の男が店の格子戸を開けた。

「おこしやす」

鉄筆を研いでいた栄次郎は、手を拭きながら腰軽く応対に出る。見れば振りの客だった。

台所から塩昆布の炊く匂いがする。

そろそろ梅雨入りも間近だった。この時季、するは瀬戸の筒火鉢の前で家族の単衣を縫っている。

針仕事に使うコテを火鉢に立てるのだが、火を遊ばすのはもったいないと昆布を炊くのである。昔ながらの京の知恵が、こんなところに生きていた。

「ようこそ、おこしやす」

三和土の椅子を勧めて、栄次郎がにこやかに話かけると、客は身を乗り出して来た。

「看板に彫刻てありますけど、どんなもんをやったはりますにゃ」

「うちの店は判子が主になってますけど」

「一昨日やったか、新聞にお達しがありましたやろ？　お上のご命令で表札を出せちゅうお触れが」

「ああ、逓信省《ていしんしょう》から言うてきてましたな」

栄次郎も頷いた。

明治四十一年（一九〇八）五月三十一日のことである。

「そもそも逓信の逓てどんな意味どすにゃ。こんな難しい漢字、ウチラよう書けまへん。まして見たことあらへんもん、さっぱり分かりまへんがな」

「逓は、かわるがわるということどす。そやから、次から次に伝え送る宿駅《しゅくえき》の意味どすな」

「へえ、ほんに、ようわかる。さすがに篆刻を彫る人は学者はんや。何でも知ったはりますな」

飛脚から新式郵便に変わって三十年が過ぎていた。

しかし、逓信という省名が駅逓《えきてい》と電信から一字ずつ採《と》って作られていることや、郵便マークの〒が逓信のカタカナの頭文字から図案化していることなども、まったく世間一般に知られていなかった。まして旧弊な京都の街のことであるから、家の軒先に門標を出す人は稀だった。

「ほんまは〒やのうて、丁どした。甲乙丙丁の丁どす。そやけどいろんな国の共通印で料金不足がこの丁字なんやそうで、逓信省はあわてて訂正しやはったそうどす」

栄次郎は、どんな客にもゆっくり嚙み砕いて説明する。それが一番のもてなしになると信じて疑わなかった。

「へぇえ、お上のやることにも、間違いがあるのどすな」

客は感心して頷いている。

郵便配達人が手紙などを配ろうとしても、住所氏名がわからない。故に利便上、各戸に表札を掲げよという逓信省の告示は、いつにない厳しさがあった。

「なんやよう分かりまへんけど、その表札たらいうもん、ここで作ってもらえますやろか？」

「はあ、表札どすか」

「無理か？」

客が栄次郎の目を覗くようにする。

「あ、いえいえ。しっかりやらせてもらいます。ほたら、ここにお名前を」

「斎藤清どす」

請け負う返事はしたものの、栄次郎にも初めての仕事である。

材の選定、大きさ、文字の形状に思案を重ねた。まず墨は濃く磨らねばならないし、木には目止めが必要だった。

木の上に直《じか》に墨をのせると、木目《もくめ》に沿って流れやすい。これにはちょっとしたコツがあった。上質の砥粉《とのこ》を乳鉢で摺《す》る。これを表札の面に擦《こす》りつけるのである。こうすれば凸凹した木目を潰すことも出来て、筆の文字が自在に走った。

翌日受け取りに来た客は一瞬おどろいたように黙り、それから早口で喋りだした。気に入ったらしい。

「おお、これはええ。斎藤清。ふむふむ、読みやすい文字どすな。しかも品がある。なんちゅう字体どすやろ」

「さて、どこの文字ちゅうたらええか。こらうちの水野流どす。弘法さんの手ぇも少し拝借したありますけど」

「ほぅ、日本三筆の空海はんのもんなら、間違いありまへんな」

客は手を叩くように喜んだ。こういう評判はすぐに広がる。次々と註文の客が並び、一時は印判の仕事が追いつかないほどだった。

○

「いや、かなんわぁ。また朱《あこ》う朱うなってからに」

するゑが呆れた顔をする。

「あんさん、お願いどっさかい、甚平さんの前身頃《まえみごろ》で印肉やら朱墨を拭くのん、やめとぉくれやす。ボロはここにありまっさかい」

栄次郎の着物の汚れを見咎《みとが》めて、するゑは外出に待ったをかける。

「着替えとぉくれやす」

印影を採《と》る鈐《けん》に夢中になると、ついボロ布で拭くことを忘れて、己の着物にねじくってしまうのだった。

「かまへん」

栄次郎はどこ吹く風である。

「いやぁ、かまへんて、あんさん。口が酸《す》うなるほど、言うてますえ。朱は洗濯したかて、ちょろこいことでは落ちひんのどす」

半ば呆れたように、ヤレヤレと夫の顔を見る。

「そんなんよろし」

栄次郎が軽くイナすと、するゑはため息をついたが、それ以上、難詰《なんきつ》はしない。

こういうカラリとした気立ての好さは、栄次郎にとって何よりの救いだった。

福田家で奉公していた頃は、フサという内儀の機嫌買《きげんかい》な性格に、どれだけ悩ませられたことだろう。

それにひきかえ、するゑの弾むような声は、たとえ小言でも有り難いものだった。

目もと涼しく、身体は敏捷で、どんな災難にもびくともしないように見える。

（ま、嫁は当籤《あたりくじ》やな。子宝にも恵まれてる）

今年七歳になる八百喜を頭に、直治郎、三郎、末吉と男の子が続き、去年やっと女の子が授かって、ぬいと名付けたばかりである。

五人の子持ちになったが、するゑは貧乏を苦にすることもなく、かえって賑やかな団欒を喜んでいた。

「おこげのおにぎりはどうえ？」

食べる食べる、とたちまち声が上がる。

するゑは釜の底の焦げ飯をきゅっきゅっと握って味噌をまぶし、小さい子どもから順番に渡していく。

「わしも。虫養《むしやしな》いに」

と出した栄次郎の手を叩き、

「子どもだけどすがな。もう残ってしまへん」

と言いながらも、ちゃんと味噌握りを作ってくれる。味噌が足りない時は、栄次郎の好物のとろろ昆布をまぶすこともあった。

少ないものを家族で分け合って食べる、こういう美味しさは格別だった。

「いっつもこれがええな」

指をねぶって、皆で吹き出すのがおきまりだった。

するゑは、普段は地味な縞木綿の着物に、流行りの髪形の西洋上巻を器用に結い上げていた。惜しんだ髪結い賃は、毎日のオゾヨ（お惣菜）の品数を増やすことに回される。

京都では毎月「ごじゅう」と言って、五と十のつく日はお膳に魚がつく。朝食はお粥と決まったもので、

「三条室町衣之棚は、聞いて極楽、居て地獄、お粥隠しの長暖簾」

と京雀に謳われている。陰暦で一と六はものの始めの日であり、店によってはお銚子がつくこともあった。

また際《きわ》の日（月末）には切らず（おから）を炒《い》って食べる。これは客とのご縁が切れないように、また炒るにはお金が入《い》るようにという思いが込められていた。八のつく日には荒布《あらめ》を炊く。荒布の真っ黒い炊き汁は、厄除けとして竈にまく習慣がある。神信心は心の支えであり、

「無病息災、無病息災」

と、するゑは頻りに唱えたものだった。

ある日、栄次郎はするゑの袂《たもと》から落ちた紙切れを拾い上げた。見ると質札だった。

（七つ屋やないか）

それほど家計が逼迫しているとは思わなかった。さすがに驚き、

「そないに火の車か」

問い質してみると、

「いや、かなんワぁ」

すゑはしゅっと紙切れを取り上げて、

「所帯のやりくりは、うちの仕事どす。あんたはんは何も言わんと、せぇだいお気張りやす。しゃんとしてたらよろしおす」

あとは盥の前に腰を据えて、せっせとおしめの洗濯を始める。

襷掛けの袖から覗く二の腕が、妙になまめかしく見える。栄次郎は、ぬるりと下帯の汗を感じていた。

萬物
無全用

桑海

店の八角時計が朝の十時を打った。火鉢の鉄瓶がしゅんしゅんと音を立てている。店先の格子戸の脇には黒い毛繻子《けじゅす》の蝙蝠傘が立てかけてあり、土間には雨の水たまりができていた。

「うまいもんどすな。なんやしらん、文字には人格が出るもんどす。惚れ惚れしますな」

言いながら、胡麻塩頭の客は、栄次郎の手許を頻りに覗き込んでいる。

その印材は南瓜《かぼちゃ》のヘタで、印面に朱を打ち、墨で裏字《うらじ》を入れているのだった。

一口《ひとくち》に裏字というが、これは一朝一夕に書けるものではない。

それを栄次郎は鏡も当てずに、まるで尋常の文字を書くように筆を走らせることが出来る。

「まだまだ修行中どすけど」

謙遜しながらも、眉ひとつ動かさずスイスイと筆を運んでいる。

この文字というのは、ただ形だけの裏字ではなかった。表字と同じように、勢いのある生きた文字であることは勿論、風趣に富む味わいが求められ、またそこが印判師の腕の見せ所でもあった。

ふと客が外に目を上げる。今日は二十五日。

「よう降るなぁ、雨」

「そうどすな、この月は弘法さんが勝ちましたな」

古い都の縁日は多いもので、中でも毎月二十一日の弘法さんと二十五日の天神さんはその代表格だった。

弘法さん、天神さんというのは京ことばによる通称で、それぞれ弘法大師空海の教王護国寺と菅原道真の北野天満宮のことを指す。

それぞれの命日には参詣人を当て込んで植木市、骨董屋、古着屋などの露店が数百を超えて立ち並び、広大な境内を埋め尽くすのだった。

屋根がないためお天気は大事で、どちらか雨が降った方が負けということになっている。他愛ないが、京都らしいやりとりだった。

いつだったか田舎から来た丁稚が、

「弘法さんと天神さんは、ほんまに仲が悪おすにゃな？」

と真顔で言ったものだ。

「何でや」

と訊くと、

「そやかて、毎月あっちが勝ったこっちが負けたて、言わはりますやろ」

店で大笑いしたことがある。

○

「よかったわ、この雨でお蔭を貰うて。こんな珍しい印が手ぇに入ったし」

客は嬉しくてたまらぬ風で、栄次郎の横に張りついたままだ。

「南瓜のヘタはこれで二年ほど干してありますにゃ。雅味があるちゅうて、絵描はんに大もての印材どす。柄ぇに漆もかけたあって丈夫どす。こういう遊印は何にでも使えますさかい、きっと短冊にもよろしおすやろ」

栄次郎は偏鋒鉄筆で南瓜のヘタに「桑海」と刻み始めている。

「なぁ、面白い文言《もんごん》どすな、初めて聞きました。『桑田《そうでん》変じて蒼海となる』て、一体ぜんたい誰の言葉どす？」

「初唐の劉廷芝《りゅうていし》の七言古詩にありますがな。『白頭を悲しむ翁に代る』の前半のとこどす。あ、劉希夷《りゅうきい》の名ぁの方が通りがええかもしれまへん。已《すで》に見る松柏くだかれて薪となるを、更に聞く桑田変じて海となるを」

「ふーん。ほんまにそのとおりや。世の中の移り変わりの激しいことちゅうたら、ウロが来るほどや。あこの烏丸三条の第一銀行に、高倉の日本銀行かいな。大きいもんがデンと建ちましたやろ」

「ああ、あれどすか。へえ、なんでも東京の辰野金吾ちゅうえらい建築家の設計やそうどすけど、あのレンガと石ばっかりの建物は何処がええのか、てんと分かりまへん」

「知ったはるか、その辰野金吾て、己が設計の変更を許さんのやて。そやから付いたあだ名が『辰野頑固』、うまいもんや。けどなんぼイギリスの様式美ちゅうたかて、石は木の家につろくせぇへん。なやしらん冷《つべ》たい。それに、三条を通るたびに、以前あこに何があったんやろて、首を傾げる。覚えたはるか」

栄次郎もはて、という顔をする。思わず手を止めていた。

商売とはいいながら、下ばかり見て仕事をしていると、世の動きに取り残されるような気がしないでもない。

客がぽんと手を叩いた。

「そや、あれ見たはったか。飛行器《ひぎょうき》やったかいな、なやしらん、ふわふわと空に浮かんで飛んでましたわ。けったいな風船みたいなもんどしたけど」

「飛行器？　そら飛行船と違いますか」

四条から三条の間の河原を、砲弾型の飛行船が往復した話も記憶に新しい。子どもが、舶来自転車のあとをついていって迷子になった噂も聞いたりする。

桟瓦屋根の町家でも犬矢来が取除けられ、駒寄せが外される。商家の店先はトタン板にペンキで書かれた「写真館」や「鉄砲水《らむね》」の看板が掲げられる。

古い仕来りの京の町でも、新しい時代の波が目まぐるしく寄せて来ていた。

「な、元は何やったか忘れるくらい、あちこち普請続きどす。西洋の新しいもんがどんどん入ってきて、年寄りは肝を潰すことばっかりどす。桑畑が海になるて、そのとおり。ええ言葉を教せぇてもらいました。これは少ないけど、気持ばかりどす」

おぉきにありがとさんと、帰りがけに御祝儀《ポチ》まで弾んでくれる。

こういう気前のいい客は、以後長い贔屓になるのだった。

昨日は昨日で松田という紙屋が、実印とだるまの認印を誂えに来た。

だるまというのは、印材のひとつで、判子の本体に、鞘《さや》と肉池《にくち》が被せてある。そのころ認印は巾着形の財布に入れて持ち歩いていたものである。いちいち印肉を探す手間もいらず、使い勝手がよいという売れ筋の商品だった。

一見、形が達磨に似ているのでその名前がある。

松田は流行りのヒーロー紙巻莨に火をつけ、盛大に煙を吐き出した。がぶりと茶を呑む。

「水野はんとこは、ほんまに何でも知ったはりますな。お陰で、町内は大助かりどす」

「そんなん、尻こそぼぉす」

「こないだも、古書店に来てた学者はんが、なんやらえらい難しい文字が読めへんちゅうて彼方此方《あちこち》うろうろしてたら、炭屋の吉兵衛はんが、そら水野はんとこや、あこへ行ったらなんでも一遍に判るちゅうて」

「なんどしたかいな」

「わしもすぐに忘れてしもて。ほら、鬱蒼の鬱のついた厄介な言葉がありましたやろ」

「ああ、鬱悒《うっちょう》どしたな」

「それそれ、鬱悒やなんて誰ぇも見たことも聞いたこともあらしまへん。まして意味やなんて、逆立ちしても無理どす」

「はは、そやかてあんさん、酒が入ると『蘭陵の美酒、鬱金香《うっこんこう》』て十八番《おはこ》を朗詠《うた》わはりますやろ、李白の七言絶句を」

「あ、そやな」

「同じもんどす。鬱金香と鬱悒は。そもそも、酒を醸すときに使う香草の名ぁらしおす」

「なんでそこまで知ったはるのどす」

「いや、先度、彫って貰いたいちゅうて、小指の先ほどの印の註文があったさけ、調べただけどす」

「へ、小指の先？　あんなややこしいのを、そんなちっこい印に彫らはった」

「そらそうどすがな。うちらの商売は無理無体な註文でも、断れしまへん。いや、かえって難しいもんなら、やってやろやないかて、手薬練《てぐすね》引くくらいどす」

「ひえー。びっくりした。どんな腕したはるのやろ」

「感心するようなもんやおへん。餅は餅屋どっせ」

「ふーん。それにしても、こうなったらタダの判子屋やのうて学者はんや。おうちは、泰山北斗《たいざんほくと》、ほんまに碩学《せきがく》大先生どすな」

松田の言うとおりだった。

確かに、印の依頼より、御町内の相談役やご意見番のように使われている気がしないでもない。

先だっても、

「子どもの様子がおかしいけど、医者へ行ったもんかどうか」だの、

「新品《さら》の下駄が続いて二足割れたけど、何が起こるのか教えてんか」だの、

「来月の末にうちは婚礼やけど、当日の天気言うてえな」

など、随分トボケた聞き合わせがあったばかりだった。

それでも栄次郎は一つ一つ丁寧に相談に乗った。誠意を尽くすのは人として当たり前と信じていたからである。

○

洋傘の名前を彫る仕事も、少なくなかった。こういう新しもん好きで、えぇかっこしぃは京雀の特徴でもある。

「ごめんやす」

紬の着物に独鈷《とっこ》の角帯を貝の口に結んだ男が、店の戸を開けた。

「彫ってもらえますやろか、名前。まだ買うたばっかりで、いっぺんも差したことおへんにゃ。なんやもったいないのうて」

「いや、立派どすな。こんなん初めてどすわ」

栄次郎も洋傘に感嘆する。同じ雨具ながら、開くとぷんと荏油《えのあぶら》の匂いのする番傘などとは比べ物にならなかった。

まず気品が違う。形は和傘と同じだが、金属骨に絹布が貼ってあり、美術工芸品のように輝いている。柄は象牙で、これなら三角刀でいけそうだった。

栄次郎は慣れた仕事をてきぱきとこなす。ぱり、ぱりと刻む音は耳に小気味よく響いたものだ。

鮮やかに彫り上げて差し出すと、客は一様に喜んでくれた。

「ほう、これはすっくり彫ったある。ふん。なかなかよろし。うちらも洋服にはまだ馴染めまへんが、洋傘はこれで、なかなかええもんどす。畳むとステッキたらいうもんになりますしな」

春の空は変わりやすい。客が店を出るときに、雨がぱらついて来た。さっそく傘を広げるのかと見ていたら、客はさも大事そうに小脇に抱えて走り出した。

「見とおみ。あんまり極上品を買《こ》うたさかい、もったいのうて遣えへんにゃ。我が身より傘が大事らしい。情けないな。あぁあ、あんない濡れてしもて」

店の職人たちも大笑いだった。

実印の註文は月に一、二度くらい、千社札やおみくじの板目の仕事も、ぽつぽつ跡切れなかった。

それでも、栄次郎はたえず気を張り続けている。

実印さえ月に幾つかあれば、かつかつ家族は食べていける。しかし零細な商いの上、一度でも失敗して悪評が立つと、その信頼を取り戻すのは容易ではなかった。人の口ほど恐ろしいものはないと、骨身に徹している。

「水野弘技堂」の売りは、判子の使い易さにある。印面は鉄壁だったから、毎日つかうほどに手に馴染んで、むらなく鈐せる。また値の安い認印でも印影に品格があった。

ふつう判子の文字は長年使い続けると字面《じづら》が崩れていくものだ。だが、弘技堂の判子は、かえって風雅な味へ移行していく。年月が立つほど、佳品になるのである。

これが贔屓にはこたえられないらしい。

郵便局でも、こんなやりとりがある。

「あんたんとこの此の印、ええな」

「そやろ。ふん、鈐し易いし、使い勝手がええにゃわ。なんやしらん気に入ってます」

「どこで誂えはった？」

「東洞院三条の、水野はんちゅう店」

人の評判は有り難いと、これほど身に沁みたことはなかった。接客にも気合が入った。

依頼される文字にも色々あった。

たとえば、吉という漢字である。

「水野はん、うちは吉田どす。よしだと読みますさかい、吉の字は上半分を土にしとくなはれ。下の横棒は長くしてもらわな、どもなりまへん。お頼《たの》もうします」

「あんな、うっとこは吉川《きっかわ》いいます。きっかわの吉という文字は、上半分が士になることに決まってます。下の横棒は短うなるよう、お頼もうしますわ」

吉沢、吉井、吉村、吉野、吉雄、捨吉。様々な人が見えるがそれぞれにこだわりがある。栄次郎は客の好みに合わせて、どのようにでも書き分けた。

「本当《ほんま》は、楷書では吉が正字、吉が俗字というだけで、どっちも同じ文字やけどな。そんなことを説明したかて、誰も納得せえへん。それやったら、お客はんの言う通りに書いといてあげた方が、角が立たんでよろし」

客の前で該博な知識を振り回しても、ただ相手を不愉快にさせるだけである。明らかな間違いでないかぎり、栄次郎は客の依頼をそのまま文字にしていった。

また幸いなことに先年、店は郵便局の消印などの消耗品を一手請け負いで落札することができた。

儲けより官庁御用という信用を得るのが大事ではないか。その目論見はうまく当ったようである。安い値段で最高の仕事をしたものだから、翌年からは入札なしに品目の註文が回って来たのだった。

「勝てんわ。あの値段でこんだけの品は、水野はんのとこやさかいできるのやし。そやけど、算盤がきつ過ぎるのやおへんか」

同業者に、ねちねちと厭味を言われたこともある。

厭味は丁寧にお辞儀をすれば、頭の上を過ぎていくものだ。

儲けは数でこなすより仕方がない。「十分間お待ちの間」という待ち彫りの腕で勝負だと思っている。あとは体力のみ。どれだけ粘ることができるか、わからない。しかし、栄次郎はひるまずに鉄筆を握った。

総じて、京都で一番多い姓は山本だった。次は田中、中村、藤原、木村と続く。

三条界隈には中京区役所や銀行、京都郵便局の本局が出来た関係で、実印や値段の安い認印の需要が引きも切らなかった。

これは依頼されてからでは間に合わないし、また直接字入れをしていては価格が折り合わない。そのために、よく出る姓の判子はあらかじめ彫っておくのである。これを仕入判と言った。

駆け込みの客で時間に余裕のない時は、出来合いの物に手を加えたりもする。例えば「田中」の印では、横棒を削れば「川中」が出来るし、「山田」の印では「山川」が出来るといった具合だった。

手本になる元印を栄次郎がまずひとつ作り、それを番頭が、黄楊の小判棒の印面に打ち返しという技法で写していく。

さらに若い職人が、稽古を兼ねた真剣勝負で、瞬く間に彫り上げていった。

山本や田中などは年間三、四十本も出るので、正規の註文仕事が一段落すると、これにかかりきりになる。手の空いたときにやる仕事はいくらでもあった。

栄次郎はどうかすると、起きている間中、汗止めの鉢巻を外さなかった。夏は塩を舐めて番茶を呑んだり、甘酒を啜る。苦しくても、丹田に力を込めて印刀を握りしめると、それだけで三昧境にひたることができた。

ドンを聞いて昼飯を掻き込み、六角の入相の鐘で夕飯、それからさらに夜業《よなべ》で、夜鳴うどん屋の声を聞くまで働くという毎日だった。

○

　がらがらと店の戸が開いた。

「今日はなんどりぉ日和どすな」

「おこしやす」

　栄次郎は笑みを浮かべる。

「あのぉ、ここで修理してくれはるて聞いたんどすけど」

　判子と関係のない客も往々にして現れる。

「修理？　物は何どす」

「これなんどす」

　紫の袱紗包みから出てきたのは、懐中時計である。栄次郎は首を振った。

「これはあかしまへん。そやな、この品やったら、四条富小路の荒池時計店へどうぞ。あとは、四条御旅町の荒木はんのとこ。あこは御用時計司やさかい」

　客は身を乗り出すようにして言う。

「行きましたがな、どっちも。今その荒木はんからの帰りどす。けど、ようせぇへんて言われましてん。舶来もんは部品がないさかい、無理やて」

「そやかて本職が匙を投げたもんを。なんぼなんでも、きつおす」

「いやいや、荒木はん、言うたはりましたえ。水野はん店《とこ》ならきっと、なんとかしてくれるちゅうて。そやさかい、まずちょっとだけでも見とぉくれやすな」

（誰や、そんなでたらめをぬかした奴は）

腹の中でぶつぶつ文句を付けながら、栄次郎は仕方なく、持ち重りのする時計を拾い上げた。光輝く文字盤には、ウォルサムという横文字が見える。

「ふーむ。恩賜の銀時計どすか。鎖は金らしいが」

かの東京帝国大学において成績優等の卒業生に下賜《かし》したもので、昔はなんとこの時計ひとつで、家一件が買える値段であると聞いたことがある。

「宿替えで、簞笥の奥から出てきたんどす。弟の形見どすわ」

「ほう首席で帝大を出はった。いや、たいていやおへんな。末は博士か大臣どすやろ」

「それが、あかしまへん。肺病で亡《の》うなりました。そやから急《せ》いて急かんもんどすにやけど、何とかあんじょう動きまへんやろか」

「さあ、どないしょ。けど、手ぇで温めたら、急に動いたりする事もあるそうどす。ちょっとやってみまひょか」

無駄とは思ったが、物は試しと、栄次郎は時計を袱紗包みのまま手焙りにかざした。

「長いこと使わんで放っておくと、機械もいじけるそうどす。人間と同じちゅうたら、可笑《おか》しおすけどな」

「はは、けったいやな」

ほんのりとした温かさが、掌を通して時計に伝わっていくようだ。ものの四、五分も過ぎた頃だろうか。栄次郎は声を上げた。

「おっ、動きました。見とぉみやす」

「へ、ほんまどすか。どれどれ。…いやぁほんにコチコチ動いたぁる。これはおおきに、ありがとさんどす」

客は手を叩かんばかりの喜びようだ。

「固まっていた油が溶けてゼンマイが動いたのかもしれまへん。まあ、せーだい使うてあげることどす」

「ほんに、ええこと教《お》せぇてくれはりましたな。やっぱりここへ寄せてもろてよかった。さすがに、評判の店は違いますな。いや、嬉しい」

なんだか分からないままに、おおきに、おおきに、と客は喜んで消えた。

「なんのこっちゃ」

栄次郎がため息をつくと、するが顔を出す。

「今のお代金は？」

「そんなもん、とれるかいな。何もしてへんのやさかい」

「そーかて、手焙りで温めるやり方を教せぇてあげましたやろ」

「あんなもんは、ただの気休め。すぐに止まってしまいよる」

「また、ただ働きどすか。ああ、辛気《しんき》」

「いやいや、あれを断らんのが大事や。ええか、こんで店の名ぁがきっちり売れたはずや。何が切掛けで、お客になってくれはるかわからへん、これから先」

「けど、炭の代金でも、ちょぼっと貰ろたらよろしおしたのに」

「客がこんちきちん（来ない）よりええやないか」

「そんなちゃかしてばっかり」

襖《ふすま》の破れを繕《つくろ》いながら、するは恨めしそうな顔をした。しかし、栄次郎の言うとおりだったのである。翌日、時計の客は風呂敷包みを持ち込んできた。

「昨日は、えらいお手数をおかけいたしました。ちょっと尋《たん》ねますけど、算盤に名前、彫って貰えますやろか」

「お安い御用どす」

「ほんなら、うちの店にたんとある算盤、みなここでお願いしよ」

(言うたとおりやろ)

栄次郎は、するにほら見たことかという目くばせをする。

「もひとつ、お伺いします」

風呂敷の中から、着物を包む畳紙《たとうがみ》を取り出した。

「うちは呉服屋どすにゃわ。このお誂《あつら》えの文字の下に鈐す見映えのええ印、彫れしまへんやろか。朱色のぱっと目立つもん」

「屋号がよろしおすか、お店の」

「あんさんに全部《みな》お任せしまひょ。なんぞええもん、拵《こしら》えとくれやす」

湿りけを含んだ風が、台所《はしり》から土間をむうっと吹き抜けていく。

「時計、あれから機嫌よう動いてますえ」

客は太った身体を揺らして笑った。つられて栄次郎も相好を崩しながら、これやこれやと胸の内で呟いていた。

（こうやって地道に客を集めていくのが、水野弘技堂の行き方や）

時流に染まらず、世に阿《おもね》らず、己に恥じない仕事をする。これが身上《しんじょう》だった。

二二四
二三六

山本竟山

〽下駄隠し　ちゅうねんぼ
　走りの下の鼠が
　草履をくわえてちゅっちゅくちゅ…
子どもたちが、路上で下駄隠しをして遊ぶ声が聞こえる。その数とり歌はこうだった。
〽坊さんがへをこいた
　においだらくさかった
弾けるような、子どもたちの歓声が上がる。
春の彼岸がすむと、どこの家でも女たちは手拭を姉さんかぶりにして、冬の袷《あわせ》の洗い張りに精を出す。

するゑはかいがいしく布地を洗い、糊をつけて、板張りや伸子張りにした。古い着物をほどく折には、沢山の糸が出る。なるべく糸を切らない様に長く丁寧に抜き、それをまとめて手鞠にするのだった。

するゑの倹約の仕方には驚くものがあった。

たとえ二、三寸の糸でも針だけ布に運んでは糸を通す。その手間だけでも面倒なのに、億劫《おっくう》がらずに雑巾を縫った。短い糸を小さな繕いに使っていると、栄次郎は不思議がる。

「そんな糸は玉結びもできひんやろ。どないして止めるにゃ」

「そやさかい、返し縫いがあるのどすがな」

足袋の綻《ほころ》びを、ひと針ひと針綴《つづ》って生き返らせるのはお手の物だった。その端切れの縫い込みもいよいよ無理となれば、集めて足拭きになった。

「ぼろぎれはナ、小っさい布を真ん中に挟んで、上下に大っきい布を重ねるんどす。糊つけて張物板で乾かすと、刺し易うなります」

ふと顔を上げる。

「いや、あんさん。足袋の爪先が破れてましたな。繕いますさかい、脱いどくれやす」

「かまへん」

「なんで？」

「見とぉみ。ちょっと見には分からんやろ、ここの穴。墨や墨。黒足袋やから墨塗ったった」

「もう、テンゴばっかり。そんなしょぉもないことする人、嫌いどす。しみったれで、爺むさい。かんにんどすさかいそれだけは止めとぉくれやす」

するは、呆れて肩をすくめた。

京都では倹約を始末《しまつ》と言換え、それは間違っても吝嗇《りんしょく》ではなかった。貧乏は余儀《よぎ》なくても、貧相《ひんそ》にだけはなるまい、という矜持《きょうじ》がある。物を大事に、とことん使い切ることは、人の道なのである。

いたずら坊主たちを並べて、栄次郎はきまって同じことを言う。

「よう聞きや。店が成立ってるのは、みな色んな物の命を頂いてるからや。考えてもみい。印材は木を伐《き》ってる。角をとるために、水牛は殺す。石を切り出すのんに、人は命懸けで掘り出してるやろ」

こほん、と咳払いをして顔を上げると、八百喜の黒茶色の瞳が真直にこちらを見つめている。

「鉄筆や印刀には鉄が要るし、鍛冶屋の鍛鉄かてなけりゃならん。それから、印刀を研ぐと砥石が減るな。八百喜、墨は何から出来てるか知ってるか？」

「ええと、黒いさかい煤《すす》」

得意気に鼻の穴をふくらませた。

「そやそや。墨はな、菜種油や松脂《まつやに》を燃やした煤と膠《にかわ》で作ってるにゃ。煤採りを奈良で見たことがあるけど、下帯無しの真っ裸で薄暗い土蔵の中で作業したはったわ」

「蔵の中やったら暑うおすやろな」

針を運びながら、するも合の手をいれる。

「ふん、まるで炎天下《てんからぼし》のように汗が滴る油煙蔵で、藺草《いぐさ》を縒《よ》った灯心の煤を、土器《かわらけ》の蓋《ふた》で採取《あつ》めるにゃ。あれで二百ぐらいも並んでたやろか。四半時ごとに蓋の方向を変えて、やっとついた煤を鶏の羽根で、そぉろりと掻集める。気ぃが遠うなるほどの手《て》業《わざ》や。一日が終わると、臍《へそ》の中まで黒うなるて言うたはったな。あれはたいていのことやないぞ」

「ふーん」

子どもたちは皆、驚きを隠せない。

「その煤を固めるための膠は、獣の骨を煮出したもんや。筆かて羊や狸や鼬《いたち》に、馬や兎などの毛を使《つこ》てるな。みな機嫌よう野山で暮らしてた生き物やないか。朱墨かて、紙かてみな同じや。それだけ沢山の命を奪うたもんを使てる。な、おおよそなことはできん」

急に静かになった。子どもたちも身に沁みたらしい。

「気合を入れて仕事をやらんと、罰が当たる。ものを粗末にしたら冥加が悪い。こんだけは肝に銘じとけよ」

「ほんまに、おとうちゃんの言うとおりや。この一本の糸でも、どれだけの人の手数がかかっているか。只で出来るもんはないのどす。そやし、一所懸命作った人の姿を思い浮かべて、有り難い有り難いて、手を合わせなあきまへん。ホカスなんてめっそうもない」

さらに縫物のあとは必ず、糸屑を掻集め、落とし針のありなしを手探りした。

するは畳に顔を近々と寄せて、

「清水や　音羽の滝は絶ゆるとも　失せたる針の見えぬことなし」

と呪文を唱える。

「百人一首か？」

栄次郎が覗き込むと、するは頭《かぶり》を振り白い歯を見せる。

「そうやおへん。無《の》うなった針が出てくるおまじないどす。これは小野小町のお歌やそうどす。続けて三度唱えたらきっと出ますがな。お針の先生にそう習いましたえ」

と、屈託なげな様子だった。もっとも、するだけが始末屋なのではない。

栄次郎とて、洟《はな》のかみ方にはうるさかった。

ちり紙を二つ折りにして、まず端のほうで洟をかむ。それを四つ折り、八つ折りにして懐に入れておく。次回はきれいな所でフンとかむ。全部つかい終わると陽に当てて乾かす。

もう一度つかう。何度目かになって、さすがにゴワゴワになると、やっと竃《へっつい》の焚付《たきつけ》にするほどだった。

商売柄、紙の反故《ほご》には気を配る。余白のあるものはもちろん、丹念に選分けて、暇さえあれば子どもたちの手習帳をつくった。それだけ期待するところ大だったのである。

全国にさきがけて小学校を創始した京都は、学問の都でもあった。

明治四十一年、尋常小学校六カ年の義務教育制度が実施されて、学齢児童の皆就学が勧められる。しかし実際は長子が弟妹をおぶって、子守をしながら学校に通う姿も多々みられた。

長男の八百喜が柳池校に入学した時は四年制だったが、途中で義務年限が六年制に改正される。

「へ、もう筆は使わへんのか」

栄次郎は思わず聞き直したものだ。八百喜は平気な顔で頷く。

「ふん、筆道はあるけどな。教場では石盤と石筆なんやて。そやかて算術はこのほうが書きやすいわ」

教育の新展開は、驚くことばかりだった。

校章のついた学帽をかぶり、風呂敷包みを持って、八百喜は意気揚々と学校に通った。

「ありがたいな。尋常小学校たらいうとこはなんと、算術だけやない。修身やら体操やら唱歌まで教《おせ》てくれるそうや」

「いや、ほんまどすか。ほしたらもう寺子屋へ行かんかてよろしな」

「けど、見てみい。この手本。なんぼ人手が足らんちゅうてなぁ。肝腎の先生が鹿尾菜《ひじき》の喰いこぼしではどもならん。こんな字ぃではホイない（頼りない）ことよ」

代用教員がしたためた日用書類手本に、栄次郎は嘆息した。

金釘流もいいところだった。

何事も初めが肝腎要である。へんな癖がついたら、百年の不作だった。これでは取返しがつかなくなる。早く誰かに、八百喜を託さなければ。

「さて、誰に師事《つか》せようか。こうっと」

色々思い迷っているところへ、当時京師随一の書家と言われる、山本竟山の噂を耳にした。

家は室町下長者町にあるという。

「そんなに竟山先生がよろしおすのどすか」

「何しか、同じご町内には絵師の小村大雲はん、富岡鉄斎はん。書家で漢学者の長尾雨山はんも住んだはる。そやから、あの辺りを天狗横町ていうにゃ」

「いや、えらい方がたんといやはりますな」

「そや、えらいといえば、その鉄斎はんな。こないだ、お孫はん連れて『よろしゅう書のご指導を賜りたい』ちゅうて、わざわざ訪ねていかはったそうや、竟山先生のとこへ。あんだけ名の聞こえたお方が御自《おんみずか》ら頼みに行くて、そらたいていのことやおへん。そやろ」

竟山は、日本書道界の重鎮日下部《くさかべ》鳴鶴《めいかく》に学び、丹羽海鶴、近藤雪竹、比田井天来と共に、鳴鶴門下の四天王と称されている。

竟山は岐阜の生まれである。清国に七度も遊学し、金石《きんせき》拓本の蒐集を始め、斯道の蘊奥《うんのう》を極めることに身骨を砕いてきた。

文人の呉昌碩《ごしょうせき》、楊守敬《ようしゅけい》などとも親交を重ねて、京都に居を構えてからは関西書壇の立役者とみなされている。

彼の重厚な筆鋒は現在でも比叡山の「根本《こんぽん》中堂」ほか、「工學博士田邊朔郎君紀功碑」「名勝天橋立」「大谷本廟」「豊国神社」などの碑で、数多く見ることができる。

「あんたはんがそこまで言わはるなら、八百喜を通わせまひょか」

「ふん、しかし束脩《そくしゅう》はもちろん、月謝が法外に高いらしいけどな」

心なしか、栄次郎の声は小さかった。

するゑは改めて月謝の金額を聞き、

「へえっ」

とのけぞるほど驚いた。

（えら高っ）

膝を正して栄次郎の前に坐り直した。

「あんなぁへ。たかだか子どもの手習いやおへんか。うちらのような手鍋暮らしで、なんぼなんでも、一寸かかり過ぎ違いますか」

しかし栄次郎は一歩も譲らない。長話は面倒とばかりに、長棒台の上に胡座をかいた。

印刀を握り、土手が寝ないよう、蹴込まないよう、荒彫りを始める。

「ぎゃんぎゃん言いな。月謝が高こ過ぎる？　そら、目玉は飛び出るかもしれんが、知れたこっちゃ、驚くことやない。当たりき車力。そんだけの価値があるにゃ。希代の師匠に師事《つか》んと一流にはなれん」

（書をやったことのない者に、千度百度《ちたびももたび》言うたかて分からへんやろな）

栄次郎は思う。

徒弟奉公時代、独学の効率の悪さには辟易したものだ。いかに苦労したか。身体が震えて、歯が軋むほどの辛さをどれだけ味わったことだろう。八百喜にはその苦労をさせたくないのである。

親心だった。

「鉄は熱いうちに打て、老い木は曲がらん。子どもの頭の柔《や》らかいうちに、身につけさせるのが一番や」

一生の財産が獲得できたら、これくらいの月謝などメメクソのようなものではないか。

栄次郎は、竟山の書を思い浮かべる。

「廣武将軍碑」の臨書である。

どの文字も六朝風の勁さに溢れ、格調ある筆致はそのまま篆刻に繫がっていた。

仄聞すれば、稽古手本はまず「礼器碑」から始めるらしい。それならば、いっそう篆刻に相応《ふさわ》しい書が身につくというものである。

するゑはするゑで、出涸しの茶を注いでいる。

（は、これはあかんわな）

頑固な栄次郎の気質を知っているだけに、もう説得は諦めていた。

一度言い出したら、たとえどんな事があろうと聞く耳をもたない人である。

（さて、どないしょ）

頭の中でこれからのやりくり算段をする。

（今迄かて、きちきちやのに、どれから切り詰めようかしらん。差し当たって削《へ》つるとしたら）

やはり、食べ物しかないだろうか。

栄次郎が、ぼそぼそ続けた。

「あんたも知ったはる木堂《ぼくどう》はんな。そや、犬養毅はんのことや。あの偉いお方かて、『楷書では当代竟山の右に出るものなし』て言うたはる」

「はあ」

するゑは小首を傾げる。

まったく、食べ盛りの子どもを抱えて、米屋への支払いも半端ではなくなっている。

三分の麦飯と味噌汁に漬物は外せないが、お朔日《ついたち》の小豆ご飯やお祭りの鯖寿司を遠慮する手もある。

（そや、私だけでもお茶断ちしようかしらん。井戸の水なら只やし）

「呉翁や洗鉢達と竟山先生がすぐに仲良くなったちゅうのは、三人とも耳が遠い……聞いてるか。人の話を」

「はあ、はあ。聞いてますえ」

と生返事をしながら、するゑは忙しく頭を働かす。

亭主の話は、上の空である。

「節季払いに足が出るようなら、わしのおぞよはいらん。毎日とろろ昆布でかまへん。心配せんかてよろし」

「そう…、どすか」

するゑは下を向いて、くすりと笑う。

まさか、とろろ昆布の方が値が張るとは言えなかった。

それからは、苦闘の連続だった。

するゑは簞笥が空になるほど質屋に通い、栄次郎は歯を食いしばって判子を彫り続けた。

○

竟山流の教えは点画から始まる。漢字の点と画をばらばらにして、勘所を押さえてから腕に染み込ませるのである。

その形はおおよそ二十四あった。

迂遠《うえん》なようだが、これを会得すればあらゆる文字は書ける道理だった。

たとえばウ冠だが、守や完などの最初の点を書くのに、おびただしい時間をかけた。ちょっと見ではただのチョボだが、竟山の手にかかるとぐるぐる廻って左にはらうという見事な点になった。

「おとうちゃん、なんで先生はこんなことを教《おせ》はるのやろ」

八百喜は恨めしそうな顔をした。

「しんどいか?」

「ようわからへん」

なんだか訳が分からないという顔で続ける。

「この間な、ちっこい子どもが三人、ぞろぞろやってきてな、寄付《よりつき》で待ったはった。

あんたらもここで稽古したはるんか、て聞いたら、今日は特別やよってに。つねは先生が出稽古に来てくれはるにゃて」

「そうか、どこの子たちやろ」

「小川琢治はんとこのぼんぼんていうたはった。上が茂樹はん、次が秀樹はん、末っ子が環樹はんて、みーんな名前に樹がついたはって、面白かったわ」

小川琢治は地質、地理学者である。東京帝大を出て明治末年京都帝大の地理学教授となった。

次男の茂樹は貝塚家へ、三男の秀樹は湯川家へ養子にいく。兄弟揃って中国史家、理論物理学者、中国文学者で名を馳せた。

ことに湯川秀樹は、日本人初のノーベル物理学賞に輝いたことでよく知られている。

「あんな小っこい子たちやのに、もう欧陽詢《おうようじゅん》の『九成宮醴泉銘《きゅうせいきゅうれいせんのめい》』を習うてはるにゃで」

「そらもう大分前からやったはるのやろ。人は人や。お前はまだ入った所やさかい、のんどりやったらよろし」

「そやけど先生がな、むさんこに褒めるにゃ。何やしらんモッサリした字ぃやのに、よう書けたぁる、上手い上手いちゅうて」

八百喜は口を尖らせる。なるほど、目の前で己より小さい者たちが大いに称賛されるのは、「けったくそ悪」いことに違いない。

思うに、あの小川家のような名門は束脩や月謝の他に、盆暮れの付届も弾むであろう。

それは想像に難くない。師匠も、そういう弟子はお得意様ゆえ、ことさら褒めちぎる。叱ってやめられては、困るからである。

つまりそれが、酸いも甘いも嚙み分けた大人の分別というものだった。

しかし、八百喜にそれを絵解きした方が良いだろうか。栄次郎は、顎鬚の剃りあとをごしごしと擦った。

「あんな、昔、わしが金沢から京に上った時はな、それはエライもんやった。汽車かてあるにはあったけど、運賃が高うてとても乗れへん。ほんでしやないさかい、てくてく北国街道を徒歩《かち》きや。何日かかったやろ。八日、いや子どもの足やから九日くらいか。余呉湖を過ぎて馬渡《もうたり》で琵琶湖が見えたときは、ああもう京の都が近いて手を叩いたな」

栄次郎は遠くを見る目つきをした。

「矢倉川を渡り鳥居本の茶店で一服していたときのこっちゃ。江戸へ百十七里、京へ十七里という石の道標《みちしるべ》があってな、へえ、この道が中山道《なかせんどう》か、東へ行けば東京かて眺めてたら、これ、坊《ぼん》。そこの峠の話知ってるか、て声をかける人がおった」

横に腰掛けていた商人が、草鞋を履き替えながら教えてくれる。

「あっこはな磨針峠《すりはりとうげ》ちゅう名所や。弘法大師はんのお歌の『道はなほ学ぶることの難《かた》からむ　斧を針とせし人もこそあれ』からきてるにゃ」

日焼けした顔に皺を刻んだ商人は、気のいい「しゃべり」だった。

「お大師はんの若いころ、修行の厳しさに逃げ出したことがある。するとこの峠で、白髪のお婆さんに出逢ってな、一所懸命、斧を磨いてる。どないしたんと尋ねると、何と斧をこすって針にするちゅうのや。それは無理やと言うと、いやいや、たった一本しかない針を折ってしもたので、これをすりおろして作るしかない。そう答えたお婆さんの姿が、たちまち掻消えてしまったそうや」

磨針峠の話は迅雷《じんらい》のように栄次郎の胸を貫いた。

（弘法大師ほどの者でもそうなのか）

修行時代とはいえ、悶々《もんもん》として悟りきれなかったとは。

老婆は観世音菩薩の化身《けしん》だった。一瞬その姿を現して闇に溶ける。

「あ」

なるほど、老婆が無心に斧を磨く姿こそ、己のゆく道ではないか。

そう頓悟《とんご》した大師は、不退転の決意を固めたという。

栄次郎は続ける。

「虚仮《こけ》の一念やと思て、死身になれば、道は拓けるはずや。点画の修行が難しゅうても、今は、倦《う》まず弛《たゆ》まずやるこっちゃ」

あの驚きをなんとか伝えたいのだが、息子は暖簾に腕押しで、頼りないこと夥《おびただ》しい。無理もなかった。昨今水野弘技堂といえば、老舗に伍する実力で知られ、押しも押されぬ有名《なうて》の印章店であった。

八百喜が風呂敷包を手に格子戸を開けると、

「お、坊々《ぼんぼん》。今日もお稽古どすか。たんとおきばりやす」

などと近所合壁《がっぺき》の輩《やから》は、べんちゃら半分でも暖かい言葉をかける。

町内では一目置かれる店の長男ゆえに、当然ほかの長屋の洟垂れ小僧とは扱いが違っていた。

（そやろな）

金沢から身一つで上京し、丁稚の叩き上げという苦労を舐めた栄次郎とは、自《おのず》と心構えに差があった。

「世の中で生きてるかぎり、やって無駄なことは一つもあらへん。長い目で見いや」

八百喜は分かったのか分からなかったのか、ふーんと首を傾げたままだった。

無可
無不可

眼鏡

夏の夜明けは早い。北西からの湿風が坪庭の笹竹を揺らしている。その風に乗って、

「なおー」

下駄や雪駄の修理を請負う大道商人の声が聞こえてくる。

「梯子《はしご》に鞍掛《くらかけ》、いらんかいなぁ」

という畑《はた》の姥《おば》もあれば、

「お豆さんぇ、よいよい尽くしのお豆さん。ほろほろお豆はどうどすなぁ」とか、

「にしんこんまきやぁ、一銭こんまき」

と拍子木をチョンチョンと打ち鳴らす昆布巻売りも来る。寒風の吹きすさぶころには、

「ろくー」

という鹿肉売りの声も聞こえた。大路小路の往来は、季節ごとに賑やかなものだった。

食べ物ばかりではない。汽笛を鳴らしてやってくる羅宇屋の親爺もあるし、初夏には紺絣に前垂れを締めた女が、天秤棒《おいこ》をかついで金魚を売りに来る。

また虫売りも人気があった。

「ギース、ギスいらんかいなぁ」

と聞こえると、末っ子たちが洗濯をしているすゑの袖を引く。ぬいと道夫は七歳と五歳、まだ遊びたい年頃《さかり》だった。

「おかあちゃん、ギスいうたはる。買うてえな」

ギス、とはキリギリスのことである。すゑは浴衣に糊をきかしながら、笑い出す。娘の頃は痩せギスと、からかわれたものだった。

「なんやぃね、あんな虫。そこら辺の草むらにウヨウヨいるがな。あんたらが遊びもって取ったらよろし。そんなもんにお銭《たから》やなんて、あほらしい」

ギス売りは農家の臨時《ほまち》収入になるらしく、担い棒の先に大きな竹籠を吊してやってくる。後ろには秋草を入れた小さい虫籠《むしこ》が鈴なりにぶら下げてあった。

その他にも、鋳掛屋や竹細工の行商も多く、安全燐寸《マッチ》売りや鉄砲水《ラムネ》売りはこの頃の流行りである。

水野弘技堂は小さいながらも好調だった。主《あるじ》のきびきびした働きが波の輪のように伝わり、番頭や弟子たちも活気立っていた。

店の前はいつも癇性なほどに掃除されて、「印章木版彫刻所」の吊看板が行き交う人々の目を引いた。

この借家は長男の八百喜が註文の配達の際、たまたま見つけた家だった。

御幸町御池の軒店のときは、夫婦でこぼすことが多かった。

「店はやはり場所やな。このあたりは人通りが少ないさかい」

「そうどすな、なんぞエェ貸家があったらよろしおすのに」

もっと繁華な所に移りたいものだというやりとりを、いつの間にか小耳にはさんでいたらしい。

「お父ちゃん、あったあった」

飛んで帰って下駄を脱ぎちらすと、

「あんな、こんなふうに斜めに紙が貼ってあったで」

幼いながらも首をかしげ、手真似で説明する。

「か、し、や」

たどたどしいが意味は通じた。

東洞院三条下ル。確かに判子屋として願ってもない場所である。

このご注進で栄次郎がかけつける。すぐに手付けを打つ。

「あんなぇぇ場所《とこ》をよう見つけたもんや」

珍しく褒められて八百喜は天にも登る心地だった。後年、一つ話に、あれはわしの手柄やと言い言いしたものだ。

「場所もええのやけど、方角もよかったな。店ちゅうもんは、東向きでないとあかん。判子は腐らへんけど、西日が当たると商品が焼けて値ぇが下がる。ほんまに、もってこいのとこやった」

この三条通には、文明開化の威容を誇った建物が多かった。そのひとつが京都郵便局である。明治三十二年（一八九九）に初代局舎は焼失したものの、すぐさま再建にとりかかり、三年後にレンガ造りの新局舎が完成する。これが全国の局舎では最初ともいうべき、明治期を代表するヨーロッパ建築設計として知られた。

ルネッサンス様式を基調にしたバロックのモチーフが随所にみられ、入口の装飾的な破風を支えるトスカナ式の円柱が、ゆるぎない存在感を示している。

三条通は繁華街で、常に人通りがある。呉服屋あり食べ物屋あり、夜になるとガス灯が赤々と灯るのも賑やかだった。

この本局（現中京郵便局）が目鼻にあるということで、認印の註文は暇なしにあった。

註文を受けてからでは間に合わないので、それぞれ年間に必要な三十顆《か》ほどは、仕事の合間にあらかじめ彫っておくのだった。

「そら旦那はん。仕入判に手間なんかかけられしまへん。うまいこと数こなしたら、そんでええのと違いますか」

番頭は出銭や入銭の帳尻をとらえて、利益ばかりを言い立てる。しかし栄次郎は首を振った。

弟子たちに早く彫る要領を見せながら、

「お客はんが毎日使うもんやろ。そやさかい、ええ文字にせんとつまらん」

またたくまに、一顆、二顆と仕上げていく。そこまで凝ることはないという番頭を後目《しりめ》に、印面は優雅な大和古印体に彫りあげる。手早いから雑かと思えば、勘所はぴしりと決めて、打見《うちみ》でも、これが仕入判かと見違える出来映えだった。

むろん番頭の話は理屈に合っている。間違いではない。間違いどころか商売は利益で廻ると判っているのに、栄次郎の矜持が手抜きを許さないのである。

いわば損得勘定を棚上げしたようなものだが、もっと大きな算盤で見ると収支は合っていたのかもしれない。

「三文判やけど、なかなかええ味どすやろ、うち、これ気に入ってますにゃ」

と世間の口もよく、評判が上がった。認印の「だるま」は、じわりじわりと売れて行く。結局、一年分として用意した印はいつの間にか捌《さば》けてしまい、あわてて補充する有様だった。

「へえー、ええもんはええ。やっぱりお客はんも分かったはりますにゃな」

番頭は印顆《いんか》の仕入帳を繰りながら、苦笑している。栄次郎は、商い冥利という言葉をかみしめていた。

もう、蟬の初鳴きが聞こえる。半夏生の葉が白く染まると、風そのものに湿り気が出て、首筋や背中にまとわりついた。格子窓から覗く町筋には、照り返しが眩しく輝いている。

また暑くなりそうだった。

栄次郎は、字入れをした三分角の黄楊《つげ》印材を陽に透かしてみる。

今日は午後から、新京極の受楽亭で印章版面業組合の総会があった。本音を言えば欠席したいところだが、委員ともなればそうもいかない。とりあえず朝のうちに仕事を片付けておこうと棒台に胡座をかいた。ところが、いつになく目がチカチカする。焦点がどうにも定まらない。

栄次郎は目頭を押さえて、首を振った。

「年のせいかいな。このごろ目ぇが疲れてどもならん」

若いころから、目のよさは群を抜いていた。大寺の屋根に掲げられた濡額の刻印でも、はっきり読むことが出来た。

「ちょっと…おうち。あれが見えるて、ほんまどすかぁ」

「見えますがな」

「ひえっ、ヨーあんな高いとこの、あんな小っこい印が、あんじょう読めますなー」

と感心されたこともたびたびだった。

目がいいだけに、他人の表情もよく見える。眉の動きひとつで、相手の好悪や気分が一瞬で分かった。

つまり、客商売には好都合だった。慣れた仕事をてきぱきこなしながら、客のご機嫌も伺い、奉公人の動きにも気を配る。番頭を置くまでは、そんな離れ業も、平気でやってのけた。得意でなかったといえば嘘になる。

(それがどうや)

このところ、霞み目というのか、遠くも近くも、ぼんやりしか見えない事があった。目は職人の命だから、これは一大事といえた。

「よゥ言わんわ…」

するゑが番茶を注ぐ手をハタと止める。

「ほしたら、あんたはん。そろそろ眼鏡ちゅうもんを誂えてみやはったらどうどす。なんやしらん、額に皺ばっかりよせて、えろうしんどそうどっせ」

癪に障るが図星だった。さすがによく見ている。

「すやな。昔から、目ぇだけは自慢やったけど、あかん。このごろ細こうて小さい字ぃがさっぱり見えへん」

そら、益々えらいこっちゃ、とするゑは膝を前ににじり出した。

「あんさんの目ぇの良し悪しは、売り上げにもかかわりますえ。油断できしまへん。はよ、目医者はんに行っとぉくれやす」

と覆被せるように続けた。

栄次郎は眉頭を指で揉んでみる。他人事《ひとごと》と思っていた煩わしさが、我が身にふりかかるとは。いつの間にか、苦虫を嚙みつぶしたような顔になっていた。

(なんぎやなぁ)

仕事いちまくでやってきて、はじめて老いの恐さに行き当たったたような気がする。

「ほんにイカレコレや、どもならん」

仕方なく眸を閉じる。

つい愚痴も出ようというものだった。

「そやけどな、これでも、昔はこんなちっこい米粒や白豆に、いろは四十八字やら七福神を書いたもんや」

と、するゑの前に小指の先を示してやる。

「へえ、たった一粒の中にどすか。ほんまどすか？　そんなことて、出来るやろか。手爪《てづま》みたいな話どすな」

するゑは疑り深い顔で団扇を動かした。

「嘘やない。そや。お経かて、たんと書いたで。あれは腕試しのひとつやさかい、店の若い者が気張って遣り合うたもんやがな」

「そんなひち面倒なことを、ヨーやらはりましたな。いったい何時ごろの話どすえ、それは」

シジミ貝のような目を瞠り、するゑは信じられないと肩をすぼめる。

「二十そこそこの頃やったかいな。あの年齢《ころ》が、ぴかーっとなんでも見えるトビキリの時代やったんやろ。あかん、今はもう、さっぱりへゲタレや」

「ほんで、その米粒をどうおしやした？」

「桐の箱に入れて長いこととっといたんやけど、この春の棚卸の時やったかいな。抽斗の奥から出てきたさかいに、みな人にあげてしもた」

「へ」

「ふん、面白いちゅうてえらい喜んでくれはるお客さんにお土産にしたり、あとは出入りの米屋の六さんと炭屋の喜公に、どうしても欲しい言われて」

「只で上げなはったんどすか」

何を思い出したのか、するゑが上ずった声を上げた。

「あたりきしゃりき、けつの穴ぶりき。そんなもん売れるかいな。腕試しの滓《かす》みたいなもん。え、なんでや？」

それがどうかしたのか、と栄次郎は不審顔である。

するゑは、風呂屋で聞いた話やけどぉと続ける。

「あんなぁへえ、竹屋町間之町にお住まいの上村松園はんちゅうおなごの絵描きはん、知ったはりますやろ」

「さあ、知らんで」

「そんなン、もうしんきくさ。ほらあの、あんたはんも桜材の大遊印顆を出さはった大正博覧会がありましたやろ。あのとき、えろう綺麗な『娘深雪』で二等銀牌を貰ろうたお人どすがな」

当時上村松園といえば、閨秀画家として聞こえていた。文展でも木島桜谷《このしまおうこく》や菊池契月《きくちけいげつ》などと肩をならべて活躍していたから、世情に疎い栄次郎でも頭の隅に残っている。

「あの浄瑠璃の朝顔日記に出てくる、深雪の絵ぇか」

「へえ」

「はあ、あの絵なら見た見た。うつやかな美人画やったな、覚えとぉる」

「あこの御宅にな、こないだ、いろは四十八文字の米粒を持ち込んだ男《おひと》があったんやそうどす」

怪訝そうに栄次郎は目を瞬《しばたた》く。

するゑの話によると、男は玄関で、たまたま出かけようとしていた松園とその母に鉢合わせしたのだという。

これはこれはと、男は慇懃に腰を屈《かが》める。松園先生にお逢い出来て欣快にたえないなどと、ひとしきりおべんちゃらを並べたところで、ちょっとこれをと、取り出したものがある。

紫の袱紗に米粒がのっている。

「ただの米粒やあらしまへん。よう見とおくれやす。いろはが書いてあるのどす」

厚かましく、男は懐から大きな虫眼鏡を取り出して、松園に突きつける。有無を言わせぬ態度だった。

気圧《けお》されたように覗き込むと、

「へえ、これはまぁ、なんと細かいこと」

女二人は交互に虫眼鏡を回しながら、声をあげた。

一見、黒く汚れた米粒にしか見えなかったものが、仔細に覗くと、たしかに細い筆字で「いろは」が書かれてある。

「こっちは七福神どす」

更に、男が指さす白豆を虫眼鏡で覗くと、弁財天も大黒様も福禄寿も、細かく造形が描き込まれてある。

「見事どすな」

松園の母も釣り込まれて、思わず訊ねたものだ。

「どないしてお書きになるのどす」

「たいしたことやおへん。細かいもんを毎日眺めるだけどす。じーっと見詰めてると、だんだんものが大きくなりますにゃ。ほんまどす。終いには、米粒が梅の実や玉子くらいになるのどす。そうなったところで筆を執ります。なんの造作もあらしまへん」

「ひゃあ、そんな達者な目が羨ましおす」

「よろしおすなー」

絶賛されて、男は笑み崩れた。そして、もういいころだと思ったのだろう。やおら顔を上げ、

「さて、このあたりで見料を頂かしてもらいまひょ」

つるりと化けの皮を剝がした。

「そや、丁度ここに画帳がありますさかい、松園先生。何かひとつ、絵ぇを描いて戴くわけにはまいりまへんやろか」

ずうずうしく、しかも当然のことのように言い放つ。松園は思わず、母と目を見合わせた。

なるほど、そうだったのか。二人は此処にきてようやく、御贔屓がただのご挨拶に来たのではないと気付いた。

「気ぃが付かはったんどすけど、そこが松園はんのエライとこどす。しもた、これはまた厄介な事を、と思たはずやのに、顔色ひとつ変えへんかったそうどす。おなごでも賢いお方は違いますにゃな」

するゑは見てきたように声を張る。

「松園はんは素直に頷《うなず》かはって、そらそうどすなぁ。こんな結構なもん見せてもろたら、お愛想なしというわけにはまいりまへんな、て言わはって、ほんで、するすると一、二枚の紅葉を描いて、一件落着にしたそうどす」

栄次郎の眼が、険しさを帯びた。

「そんなすじこい奴があったんか」

狼狽している。

「ほんまにかなんわァ。その米粒、どこのものどすやろ」

「まさか、そんな阿呆なことあるかい」

するゑは、もどかしそうに続ける。

「そやかて、そのまさかが、まさかかもしれまへん。米粒にいろはなんぞを書く者が、そうたんといるわけがありまへんやろ。もしかしたら、あんさんのものを使うて、誰かが悪さをしたのかもしれまへんな」

うーむ、と仕事机を睨んでいたが、やがて聞きとれるかどうかというほどの小さな声で、

「いや、ほんまやったら、すんまへん。松園はんを、えらい目ぇに合わせてしもた」

栄次郎は頭を掻いた。

○

ほどなく寺町の玉屋卯兵衛という店で、栄次郎は鼻眼鏡を誂えた。

夜業《よなべ》が終わるのはいつも一時か二時である。まず、鉢巻をとる。それから、片手でツマミを挟んで鼻眼鏡をはずす。レンズは、石の粉などで結構汚れているものだ。埃を払い、はーと息を吹きかける。鹿革で丁寧に表面を拭いてから直す（片付ける）のが日課になった。

麻の蚊帳の裾を振って蒲団に滑り込むと、栄次郎はやれやれと首を揉んだ。

「よう、見えるようになった」

「眼鏡どすか」

隣の蒲団から声がする。

「肩凝りもマシやな」

するゑはうとうとしかけながら、それでも団扇で風を送って来る。

「そらよろしおす。疾《とお》うからこしらえていたら、もっとよろしおしたのに」

「いやいや、なかなか。ポコペンにならんと、神輿は上がらんもんや」

「そら、そうどすけどなぁ」

蚊帳の中で蝶々の羽根のようにゆらゆら揺れていた団扇が、ぱたりと閉じる。すゑの寝息を聴きながら、栄次郎も深い眠りへと落ちていく。

一龍
一蛇

扇面縁起

「ごめんやす、井筒屋でございます」

五条橋詰の扇屋、井筒屋平右衛門が訪ねてきたのは、京のむくり家根の軒先に燕の飛ぶ頃だった。

藤の花はとうに盛りを過ぎていたが、新緑の季節は虫も多いもので、燕は餌をめがけて往還を高く低く飛び回る。空から逆落としに翔《かけ》る様は、見とれるほど鮮やかだった。

巣では雛鳥が、顔より大きく口をあけている。ぴいぴいと喧《かまびす》しいが、幸先がよいと、燕の飛来を待兼ねる家も多かった。

水野弘技堂では、燕が巣を掛けはじめると、すぐにその下に竹の棒を一本たてかける。

「へ、これはなんどす？」

客たちは怪訝そうに顔を上げたものだ。

「ああ、燕よけどす。お客はんの着物を汚しますさかい、燕には気の毒やけど」

「この棒一本で？　何の呪いどす」

「いや、まじないやおへん。こんだけの棒ひとつでも、伝《つと》うて蛇《みー》さんが登りますにゃ。燕は賢い鳥やさかい、たちまち巣を掛けるのを止めます。そらもう、あっちゅう間どす」

「ふん、そやけど玄鳥至る家は長者て、昔からいいますけどな」

「まあまあ、験《げん》を担ぐか、商いをとるか。難しおすな」

と笑い飛ばした。

格子戸をあけると、湿ってなま温かい風が古びた家の奥庭まで通っていった。

どうぞ、お入りを、と言う栄次郎の声にかぶせるように、井筒屋は切り出した。

「今日伺いましたのは、他のことでもございまへん。まず、あんさんに、承諾《うん》ちゅうてもらわな、どうにもあかしまへんにゃ」

上がり框に腰も下ろさず、身体を二つ折りにした。何がなんでも、引き受けさせるつもりらしい。

「な、もう他にどっこも手づるがありまへんにゃ。承諾ちゅうとくれやす。このとおりどす」

井筒屋は上がり框の端に手をつき、深々と頭を下げる。

「ま、お手を上げとくれやす。かないまへんなぁ。お話を伺わしてもらいまひょ。交《かけ》渉《あい》はそれからどすがな」

と栄次郎は座蒲団をすすめた。そやな、と井筒屋は臀を据えて手拭で額を押さえる。もともと汗かきの男らしい。

「まぁ聞いとぉくれやす。つい先頃、うちの店で富岡鉄斎先生の絵扇を、五十枚。ご註文でお引き受けしましたんどす。版下の絵ぇはうっとこの職人で、これはまぁうまくいったんどすけど、さあ、次は落款どす。そこに鈐す印の模《も》刻《こく》なんぞは朝飯前と思て、お願いしましたんや。稲波はんに、石田はんに、堀部はん、小出はん」

井筒屋は指を折る。

「みな評判の判子彫りどすやろ。ところがなんとこれが全滅。あかしまへんにゃ」

名前を聞けば、栄次郎もよく知っている、かなりの腕前の連中だった。

「な、みな、ちゃんと彫らはる方どっせ。ところがどっこいすべって橋の下、鉄斎先生はうんと言わはらしまへんにゃわ。註文主からは、まだかまだかの矢の催促。もううちら、お手上げどすにゃ。誰かおらんかちゅうて、あちこち尋《たん》ねまわって、そや、うっかりしてた。肝腎の水野はんとこを忘れてたやないかて、膝を打ちましてな」

「む」

「やっと此処に辿《たど》り着いたちゅうような訳どす。お願いどす。この模刻、やっとぉくれやす」

井筒屋はげっそりやつれた顔で、風呂敷包みを広げる。

現れたのは扇図だった。

栄次郎は原画を拾い上げた。

「休師《きゅうし》憫窮図《びんきゅうず》」という題が読める。

休師とは、臨済宗の僧の一休宗純のことだろうか。

「そうどす、あの一休はんどすがな」

その一休が、扇に烏の絵を描いている扇面図である。

室町時代の禅僧、一休（一三九四〜一四八一）には逸話が多かった。

「確か、後小松天皇のご落胤《らくいん》ということどす。事情はわかりまへんけど、生まれてすぐに寺に貰われていかはったちゅうことは、母御の出自《でしょ》が悪うおしたか。それとも裏でなんやかんやあったんどすやろか」

「ああ、あの坊さん。戒律を破って、女犯《にょぼん》や肉食《にくじき》をしたお人どすな」

僧でありながら、小気味よく世渡りをしたことでも知られる。世間もそういう人間くさいところに惹きつけられるのだろう。五百年たった今でも、人気が絶大なのもわかるような気がする。

そやそやと饒舌になった井筒屋は、

「けど、一休はんといえば頓智咄やけど、ほんまは、俠気《おとこぎ》のあるお人らしおす」

と頷く。その証拠がこの扇図だった。

友人である堺の扇屋甚右衛門の困窮を聞き、助け船を出す。しかし、休師に出来る事といえば筆を揮《ふる》うことしかなかった。思いつくままに、売扇の絵付を買って出たらしい。たとえわずかでも売り上げを得るためと、心を砕いたのだろう。

絵の中で一休は扇面の数をこなそうと、ひたすら筆を動かしている。寝食を忘れて没頭する有様は、その髭面からも伺える。小品ながら滋味が溢れていた。

（見てきたんかいな、見てもいーひんのに）

栄次郎は小首をかしげる。それほど扇面は生きていた。まるでそこに一休がいるかと思うほどだった。

（頭で思うただけで、ようここまで描くことができるもんやな）

鉄斎の筆力は、舌を巻くばかりである。更に見直すと、扇面に描いた鳥が半分飛び立とうとしている。

（あはっ、味噌はこれか）

落語の「抜け雀」を連想して、栄次郎はクスと笑った。

それだけではない。扇絵の中の扇図は、入れ子のようになるため、面白さも一入《ひとしお》である。鉄斎独自の遊び心が遺憾なく発揮されて、ただ見事のひと言に尽きる。

栄次郎はあらためて落款を凝視した。

そこには「百錬」とある。衒いのない淡白な印影だった。

○

気がつくと、灯ともし頃になっている。

店の数ものの仕入判を彫りながら、頭の隅では先刻の鉄斎の印がひっかかって、どうしても離れなかった。

(これは手強い)

栄次郎は細く息を吐き出した。

「百錬」は扇面図の磊落《らいらく》な味に合わせて、かろやかに彫り上げてある。この鉄筆の切れ味からすると、作者はおそらく桑名《くわな》鉄城《てつじょう》あたりではないか。文字の均衡は巧みで過不足なく、これほど書画と篆刻の釣合いが保たれている印も珍しい。

(さて、どう料《りょう》るか)

あれだけの遣手《やりて》たちでも歯が立たなかったというのだから、これは心してかからねばと思ったりする。

いったい模刻は、ぎらりと自我を剝き出しにしてある方が真似しやすいものだ。しかしこの「百錬」には、まるで圭角《けいかく》というものが見当たらなかった。

そこが曲者である。特徴がないだけに、この淡白な風韻を、一朝一夕で醸し出すことは至難のわざだった。

肩の力を抜き、栄次郎は己に暗示をかける。

（なんの、ちょろこい）

と呟いてみる。

気合を入れ過ぎると、やり損なうにきまっている。長年の修行で分かり切ったことだった。しかし、

（まてよ）

と思ったりもする。たとえ模刻が上手くいっても、今度は鈐しが難問になるはずだった。陽刻の細い線が渡らずに、鈐せるかどうか。おそらく鉄斎はその腕が気に入らなかったのではないか。

（気負わずに、いつもの仕事と思てやるだけや）

そう心に言い聞かすのだが、なかなか胸の燠《おき》はおさまらない。店の仕事が一段落すると、

（そや）

と思いついて桐箱の香を取り出した。柴舟という名香だった。

これは山本竟山から習い受けた作法である。

竟山の家は室町下長者町にあった。息子の八百喜の入門の際、玄関でホッと香の匂

いに胸を打たれたことは今も忘れ難かった。

気持の乱れは文字に出るという。その為、門弟たちは稽古場で香を聞き、呼吸を整えた。臍下丹田《せいかたんでん》に気を集めると、心は鏡の如く澄み渡っていくらしい。香道は、筆をとる前の精神統一に欠かせない儀式であった。

後で聞けば、たとえ子どもの稽古であっても、床の間に香を燻《くす》べて、おもむろに墨を磨らせるのだという。なるほど、高い月謝を取るだけにいちいち謂《いわ》れがある、と納得したものだ。

「なんと贅沢な、奢ったはりますなぁ。まるでお大名やお公家はんに教《おせ》はるようどすな」

するゑも感に堪えた声を上げた。しかし、物は試しと、栄次郎がやってみると、

「これはよろしがな。ほう、なるほど」

意外に落ち着くのである。いらいらした気持も、ほのかな香りでいつの間にか静まっていく。

香の効き目は抜群のようだった。もっとも安物の線香では、咳ばかり出て役に立たないことも分かった。伽羅《きゃら》や白檀《びゃくだん》の入った極上品を、ここ一番のときに燻《くすべ》るのがコ

ツである。

柴舟は煉香《ねりこう》だったので、火鉢の熱灰《あつばい》に二、三粒をのせた。待つほどもなく、むっくりと薫《くん》じてきた。

雑念を追い払おうと、栄次郎は大きく息を吸い込んでみる。

(この歳になってもまだ功名心があるのやろか)

平常心がすべてであった。

(まだまだ修行が足らん)

香を聞き、ランプの下で印影を凝視していた。

その夜更け、栄次郎は印を一つ彫った。黙って鈐して渡す。

結果はすぐにわかる。

「ひゃあ、ありがたいありがたい」

井筒屋が息せき切って、駆け込んで来た。

喜びで顔をくしゃくしゃにして叫んだ。

「おおきに、はばかりさんどしたな。鉄斎先生が一目で、そうそう、こんでよろしいて言うてくれはった。おおきに。やっと胸のつかえがおりました」

「はあ、そうどすか。けど、別にたいそうな仕事もしてしまへんのどす。常と変わらん、いつものとおりの印を彫っただけどすがな」

内心ほっとしつつも、栄次郎の悪い癖で喜びを露《あらわ》にしなかった。

「いやいや、そのいつものとおりがお手柄どすにゃ。きょうび、あの鉄斎先生のお眼鏡に適うちゅうたら、只事やおへん。おかげで私の顔も立ちました。さあさあ、用意しとおくれやす。今から行きまひょか」

井筒屋は、栄次郎の手を取らんばかりにした。

「行くて、どこへ」

「鉄斎先生が、あんたはんにお逢いしたいて言うたはります。さ、ともかく、ちゃっちゃとご挨拶に参りまひょ」

それを聞いて、飛び上がったのはするゑの方だった。

「あんさん、ちょっと待っとおくれやす。いま羽織を出しますさかい」

と狼狽した。

「いらん、いらん。そんなしゃっちょこばるのはわしは嫌いや」

するゑは、そんなこと言わんと、と手をこすり合わせた。

「お願いどすさかい、羽織袴に着替えとぉくれやす。なんぼなんでも、初めてお伺いする偉いお人どっせ。しかも鉄斎先生ちゅうたら、儒学者はんどすやろ。ほんであれだけの絵ぇを描かはるなんて、たいていやおへん。失礼があってては店の名折れになりますがな」

と畳み込む。栄次郎は、なんぎやなー、と吐息をついた。

井筒屋は、

「やれ、こちらも一息ついた」

ほっと顔色を和らげたものだ。

ともかく、一張羅の羽織袴を着せられて、履き慣れない雪駄に足を入れる。否やを言う暇もあらばこそ、栄次郎は室町一条下ルの薬屋町まで引きずられて行った。

「ここが鉄斎先生のお家どす」

（ほう）

ため息が出るほど広くて大きい。黄土色の土塀がめぐらされて、古風な門には竹の扉がついていた。床の低い玄関に「福内鬼外」の木額がかかっている。

「この額は、亀田窮楽《きゅうらく》はんの手ぇになるのやそうどす」

それにしても大きい屋敷である。

「なんでも間口が二十三間、奥行が十七間もあるのやそうどす」

訪いを告げると、すぐに請じ入れられる。

丁度その日は額書きの日だったようで、二人は広い画室で待つことになった。

明取りの障子ごしに、柔らかい陽が差し込んでいる。庭木の柳だろうか、枝振りのよい影が絵のように映って、風に揺れていた。香の匂いの立籠めた十畳ほどの部屋は、ことごとく本で埋まっている。

「いゃあ、よう集めはったもんどす。右みても左みても、どっち向いたかて、本だらけや」

栄次郎は実感を込めて言った。

「な、見渡す限りの本どすやろ。ここに初めて来たお人は、この本の山見て、ひえぇ、えらいこっちゃて、たいていひっくりかえらはります」

井筒屋の口ぶりも、大袈裟ではない。

毛氈のような敷物の上に坐ったものの、あちこち積まれた本のせいで床は傾いていた。栄次郎は昔の我が家を思い出して、懐かしそうに眺め回した。

父の八左衛門は、城に上がっていた時には、御文庫に勤めていた。そのため部屋のあちこちには書棚があって、参勤交代の折に購った書籍が山と積み上げられていたものだ。

井筒屋は生真面目に言った。

「鉄斎先生の座右の銘は『万巻の書を読み、万里の路をゆく』というものやそうどす」

ああ、と栄次郎は微笑する。

「董其昌《とうきしょう》の『容台集』の言葉どすな。気韻は学ぶことができしまへんけど、万巻の書を読み万里の路を行って俗気を掃《は》ろたら、すぐれた山水を描くことができるという意味やと思います。そやけどこの部屋、文人の仙境とはほんまに、こういうもんと違いますやろか」

そやそや、と二人は頷き合った。

小さな陶器の火鉢には、鉄瓶がかかっている。

半畳の床の間には墨跡と香炉があり、その前にも帙入《ちついり》の本、また本である。文机にも巻子本《かんすぼん》が積まれ、開け放たれた襖の奥の書架にも付箋をつけた和本、唐本、折本が溢れていた。

南の八畳の座敷からは、何人かの人の気配がして、鉄斎はそこで今まさに筆を走らせているらしい。

「きれい好きなお方どっせ。なんしか、朝夕二回もお風呂に入らはるそうどす。そうそう、次の間にようけ待ったはったお人。私の顔見知りどす。あれは商人どっせ。あれだけたんと揮毫《きごう》したり絵を描かはっても、まだ足らんとみえて画商が並んで待ったはるのどす。人気ちゅうもんは、おそろしいもんどすな。今、京師の画家の中で、鉄斎先生が一番、値ぇが張るのと違いますやろか」

井筒屋は干菓子を口に放り込んで、お茶をすすった。

やがて鉄斎がそろりと姿をあらわした。

鶴のような痩軀《そうく》に白髪、白髯で、若いころはさぞや美丈夫であったろうと思わせる老人だった。

「先生、こちらが水野栄次郎はんどす」

み、ず、の、え、い、じ、ろ、う、はん。

耳が遠いらしく、井筒屋は声を張り上げる。

「例の判子を彫らはった」

「おお、あんたさんが」

鉄斎は唸った。感嘆の響きがある。

栄次郎は身体をこわばらせて頭を下げた。

老人はすっかりくつろぎながら続ける。

「あの百錬は、数ある印の中でも愛着がありましてな。上首尾の絵ぇや書が出来たときには、気ぃがついたら、あの印に手ぇが伸びてますにゃ。模刻とはいえ、あれはええ印どした。鈴もあんたはんやそうどすな。これもまた見事な出来映え。さて、どこがどう違うのか。教えとぉくれやす」

驚いたのは栄次郎の方だった。

京洛一と聞こえた画家が一介の判子職人に教えを請うとは、思いもよらない出来事である。

栄次郎は訥々と語った。

「うちの店がよそさんと違う所と言うたら、そうどすな。それは印面をきっちり仕立てることどすやろか。いくらしっかりしたもんを彫っても、印面がガタガタでは、お話になりまへん」

鉄斎は栄次郎の話を、嬉しそうに聞いている。

（こんなしがない職人の話をなんでここまで）

胸をつかれた。人間の大きさがこういうところに顕《あらわ》れる気がする。鼻の先で軽くあしらわれても当然なのに、鉄斎はどんな些細なことからも学ぶという姿勢を崩さない。

（えらいもんや）

はじめは取りつきにくい画家かと思った印象が、拭《ぬぐ》われたように消えている。

鉄斎は、さて、どこやったかいな。と、やおら考えてから、

「以前どこかの会で見せてもらいました、あんたさんの印影。たしか桜材の『月は何年樹を照らし、花は幾遍《いくたび》人に逢わん』。ええ篆刻どしたな」

老人はこぼれるように笑った。

「ほかの人のもんも沢山《たんと》ならべてあったんどすけど、あんたさんのはズンと立ち上がってきますにゃ。こら並の手練《てだれ》やないと思いました」

「そんなん臀こそぼぉす」

栄次郎は頭をかく。

「奥伝は何どすやろ」

「はは、奥伝なんぞとたいそうなもんやおへん。秘事は睫毛《まつげ》ちゅうようなもんどす」

「いやいや、なんぼなんでも、当たり前の腕では、あれだけ彫れしまへん。もしかすると稜《りょう》が違うのかいな。まず思い当たるといえば、そんなことどすな」

「は」

絶句した。

(稜を知ったはる)

鉄斎の指摘は正鵠《せいこく》を射ていたからである。

稜といっても素人にはわからない。印材を彫った土手の角度、強さのことである。荒彫り法にしろ切り回し法にしろ、習い初めはたいてい、土手が寝て稜が鈍角になるものだ。理想は直角だが、それは難しく、かえって蹴込んで鋭角になっては元も子もない。腰をきめて肘を上げる。すると彫り味は生きて、印文の迫力が出るのだった。

「そこまでお分かりどしたら、もう何も付け加える言葉はございまへん」

喋りながらも、背中がじっとり汗ばむのを感じていた。

鉄斎は柔和な顔を向けた。

「そうどすか、それで納得できました。いや、これは身に覚えがあるのどす。若いころ、蓮月殿のとこで書や焼き物の修行してきましたが、やはり秘訣は、腰をきめて肘を上げることどした。それとまったく同じとは、ホウなるほど、なるほど。その道のお方の言葉には千金の値がありますにゃな」

「これはおそれいります」

鉄斎がまだ十代の頃に、大田垣蓮月という尼僧に仕えていた話は、世事に疎《うと》い栄次郎でさえ聞いたことがある。

癇癖のひどかった鉄斎が、見目麗《みめうるわ》しい尼僧に心をよせて性格が一変したというのも、わかる気がする。

「ふむ、今日の御礼にこれを差し上げまひょ。お納め下さい」

鉄斎は扇面の本紙を、惜しげもなく差し出した。

「ふひあぁ、おーきにありがとうございます」

栄次郎の顔色を読んだ井筒屋が、おおげさに頭を下げた。

「よろしおしたな、鉄斎先生の直筆やなんて、水野家のお宝、家宝どすやろ。名誉なことやおへんか」

扇面を頂きつつも、栄次郎はこんな僥倖に困惑していた。

（するゑに何と言おうか）

黙っていたら、きっと扇面絵を持ち出して近所隣にまで吹聴しかねない。

するゑのおしゃべりは聞こえている。

（ないしょにするわけにもいかんし、また、大汗をかくタネを増やしてしもた）

やれやれ、と栄次郎は苦笑を浮かべた。

この「休師憫窮図」は現在、孫の水野恵から寄贈されて、宝塚の鉄斎美術館に収められている。

佛　非

魯山人の堂号

京都では毎年、「表展《ひょう》」という珍しい展覧会がある。「表展」とは「表装の展覧会」という意味だった。

いつもは脇役の表具師たちが、ここでは主役になる。本来なら、軸装や額装の工夫は重要で不可分のはずだが、裏方ゆえに光が当たる機会は少なかった。その為に、仕立ての成果を披露しようと明治四十二年から始まったものである。

年ごとの書画の表具表装の精華が並ぶため、岡崎公園の会場は連日、人の波でごった返していた。

どんなに仕事が立て込んでいても、栄次郎はこの展覧会を欠かしたことがない。愉しみは沢山あった。とりわけ「生きてる本物《ほんまもん》に逢える」ことが一番だった。

書画を装う裂《きれ》に何を使うかは、表具師の裁量に任せられる。つまりこの展覧会の面白さは、書画の鑑賞が主ではなく、書画に仕立てる技術と鑑賞形態を世に問うところにある。たしかに、会場には一味違った熱気が渦巻いていた。

見回せば、伝統と革新が交錯している。表具表装は書画の着物であるから、一歩間違えば本紙の致命傷ともなりかねないが、それもまた可なり。とにかく、若い力の独善さえも認めようという懐の大きさもあって、これは京都で生まれた、いかにも京都らしい展覧会といえた。

鑑賞者にしてみれば、書画と篆刻と表具の、三者三つ巴の争いを楽しむことができる。それが何より嬉しいことかもしれない。この展覧会が、目の正月とも、目の極楽とも呼ばれる所以《ゆえん》である。

（さて、絵描きと表具屋と篆刻がつろく〔釣り合う〕してるやろか）

その日、栄次郎は展示室を隈なく歩き廻った。

（ああ、これはうまいことといってる）

依頼されていた栄次郎の篆刻も数顆《いくつか》、見つけることができた。熟視したが、それらは納得の出来映えだった。

（まずよろし）

誰にも気付かれないように、ちょっと胸を張る。不思議に満ち足りた静かな喜びが沸き上がる。篆刻を続けていてよかったと思うのは、こういう時である。

(印色もええ。位置もぎりぎり納得の場所にしたぁる。上首尾、上首尾)

栄次郎は明店《あきだな》の恵比須さんよろしく顔を綻ばせた。

いつだったか、画家が鈐した印影がひっくり返っていたことがある。

「先生、あれは逆さまどした」

「ほんまか？　あれが真面《まとも》やとばっかり思てたわ。しもた、どないしょ」

「それどしたら印影の横に、倒鈐御免とか逆鈐失礼とか添え書きしといたらよろしおす」

「へええ」

画家は、なるほどと頷いたものだ。

お目当ての吟味が終わると、あとは一通り鑑賞して、腹の中で気ままな月旦をするだけである。ざっと見渡しても、書画と篆刻と表具のぴたりと一致した作品は、そうあるわけではなかった。

一幅の前で足を止めた。

竹内栖鳳の小犬図だった。写生に則《のっと》った巧みな描写が心地よい。小品ながら、研ぎ澄まされたような気品が漂っている。

しかし、かすかな違和感があった。

「？」

栄次郎が覗き込んだのは落款印だった。

（これや）

どうも、印がしゃべり過ぎている。

悪くはない。しかし、このように篆刻がしゃしゃり出ると、ろくなことにならないのだ。

（つろくせぇへんな。この絵ぇとは）

折角の書画も表具も、霞んでしまっている。

栄次郎は、うーむ、とため息をついた。

○

「どんな篆刻が極上吉どすにゃろ」

これはよく聞かれるのだが、一番よいのは、書画から落款を抜いてみること。さっき感服したのに、物足りない。ああ、この印影の有り無しでこんなにも変わるものか。

（そう思たら極品どす）

と答えることにしている。

栖鳳は落款に凝る画家のようで、篆刻家にとってはありがたい存在だった。三十代前半は棲鳳という雅号を遣い、欧州遊学から帰国後、栖鳳に改めている。栄次郎はどの落款印にも心覚えがあったが、これは初見だった。

（はて、誰のもんやろ）

いったい栖鳳の筆遣いは円山派の流れを汲みつつ、時に逸脱して、居合抜きのような鋭さを含む。その鮮やかな手並みはひとつの魅力だが、同一画面で同じ気韻が並ぶというのはおもしろくない。

（なやしらん…）

いらいらする。重複すると魅力が半減してしまうのだ。見どころは一カ所に限る。

栄次郎は会場を眺め渡した。とつおいつしていると、其者《それしゃ》らしい男たちが談笑している。背中で聞いていると、

「そらそぉと、この栖鳳はんの印。なかなかのもんどすやろ」

「どなたはんどす」

「知らんか？　今売り出し中の、魯卿《ろけい》どすがな。どうやら御大の御意に適ったとみえて、当節、たんと作ったたはりますえ」

耳を澄ましていた栄次郎の目の色が、わずかに変わった。

「へええ、あの」

「あのもこのもおへん、この頃ではもとの社家の苗字の、北大路を名乗ったはりますがな。若手の篆刻家では指折りらしおす」

「なるほどベタが多いさかい、絵ぇに映えますにゃな。ふん、ぽっと出にしては、俗受けのコツをよう心得たぁる。なかなかの切れ者《もん》とみえますな。ほたら、たいがい遊泳術《よわたり》にも長けたはりますにゃろ」

男たちの話に背を向けたまま、栄次郎は頭を振った。

（もしや顔真卿《がんしんけい》からとったんやろか？）

「魯卿なんぞと、豪気な名ぁを付けやがって」

眉間に八の字を寄せて呟いたものだ。

魯卿、後の北大路魯山人である。

あの男は去年も秋口に現れて、穏やかな「水野弘技堂」を掻き回していったばかりである。

○

気心の知れた間柄がそうさせるのかもしれない。魯山人はいつも店の敷居を跨ぐやいなや、ずかずかと座敷に上がり込む。そして挨拶もせずに、いきなり切り出すのだった。

「なぁ兄《あに》さん、なんぞおへんか。このところカツカツで、あきまへん。まいにち目玉の浮くお粥《かい》さんばっかりで、見とぉくれやす。骨皮筋右衛門どすがな。手間賃のええ仕事、少しこっちにも回しとぉくれやす」

栄次郎は版木から目を上げ、

（やれやれ、お前か）

という顔をする。魯山人は痩せたと言うが、なんの相変わらず、河豚の横飛びのように、でっぷり肥えているではないか。少なくとも栄次郎よりよほど体格がいい。

「仕事か、それやったら心当たりがないこともない。ちょっと待っとき」

そのまま、するすると版木刀を動かして、諭すように続けたものだ。

「それより、オマハンはなんぼゆーてもわからん男やな。安見タミさんのこと、どぉすんにゃ。いまさら離縁やなんて、ええかげんにしとけ。しまいに怒るで。お互いズツナイこっちゃ。一人息子《ひとつぶだね》の櫻一ぼんぼんかて、そろそろ尋常小学校やないか。父親《てて》なし子が毒性《どくしょう》なことくらい、オマハンが一番身に沁みてるやろ」

「兄さん、仕様《しょー》もない話はおいてや。あの女とは気持が肌々や、もう別れてしもた。それより松山堂の藤井せきはええ女や。なんしか出所《でしょ》が違う。先月見合したとこで、近々いっしょになるつもりどす。今、大安の日ぃを探してますにゃ」

またか、という顔で栄次郎は魯山人の眼を見据えた。

「そんなふしだらはあかん」

思わぬ剣幕できっぱりと言い切ったものだ。ふだん温厚な栄次郎にしては、珍しい口ぶりだった。

兄弟子の語気の荒さに、さすがに体裁が悪いとみえて魯山人はぷいと横をむいた。鼻の頭に不満を浮かべている。ふと目の前に落ちている木屑を拾い上げて、握りつぶした。

「そやけど女は変わる。子ども一人産んだだけで、まるで鬼の首でも取りよったかちゅうくらい、どえらい顔をしくさる。あれがな、己が一遍でも血道を上げた女やろかと思たら、業腹でたまらん。兄さん、わしはもうだまされへん。いままでの仕返しや」

「仕返し？」

「ふむ、女房《かか》はいらん。もう止めや。女ちゅうもんは遊ぶだけ遊んで、ええとこだけ頂く。これが男の甲斐性や。上手いもんどすやろ。ぇぇとこ取りをしたら、後はサイナラするまでのこっちゃ。遊び上手は別れ上手て、よう言いますやろ。女遊びなんぞ、ぼろくそや。なぁ兄さん」

魯山人は喋り散らし、いつの間にか座蒲団の上で胡座をかいていた。兄弟子の前であろうと遠慮会釈なく、嚇《おど》すような声を上げる。

栄次郎は、もはや怒る気にもならず、ただため息をついた。ここまで品性が落ちてしまっては、救いようがない。

（あかん。こりゃ酢でも蒟蒻《こんにゃく》でも喰えん男や。治る見込みナシか。どもならん、や

れやれ）
あれだけ、篆刻や書の才能は満ちあふれているのに、魯山人は、こと女になると歯止めが効かない。これがいつか身を滅ぼすことになりはしないか。
（惜しい男や）
栄次郎は舌打ちした。

○

その子が店に現れたときのことを、栄次郎はまざまざと覚えている。

明治二十二年（一八八九）、七条ステンショ（京都駅前）から府庁間に乗合馬車が開業した年であった。

福田印判所に奉公して二年目の、たしか六月だった。この東竹屋町油小路あたりは江戸期そのままに、桟瓦の町家が軒を連ねている。

京都らしく、呉服にかかわる店の立ち並ぶ穏やかな一角である。夜明け前になると、近隣の豆腐屋からは大豆を蒸すよい匂いが流れ、昆布の松前屋からは、つんと鼻にくる酢の香りがした。

新聞社の創刊や高等小学校設置などで、判子屋は軒並み大繁盛となっていた。主の福田武造が口入屋に、使い走りの小僧を一人依頼したのは桜の季節だった。

そのまま、音沙汰も無く忘れたのかと思っていたら、

「はい、ごめんやす」

送り梅雨も上がり、夏の到来を思わせる一日、三条小橋の口入屋の佐野が下脹《しもぶく》れの顔をみせた。いかにも媚びを売るように、男は両の手をもみ合わせる。垢染みた絣木綿の子を、前に押し出し、

「ええ、お子どすやろ。打明《ぶっちゃけ》けた話、上賀茂のええしの坊《ぼん》どすにゃけど、色々と事情がありましてな。父親はこの子ぉの生まれる前に亡くならはって、母親が一人では、よう育てられへんちゅうことでお預かりしたんどす。坂本の養い親の所も厄介もっかいになってしもて。まあ、どっちみち手ぇに職をつけなあきまへん。ほなこの店が一番どす。印判師ちゅうたら、これからもてもての手職どっしゃろ」

佐野のしゃべりに、主人の武造は苦笑している。男の子を促し、顔を寄せた。

「はしこそうやな。歳はなんぼや」

「六つどす」

「ほう、それなら、栄次郎と二、四、六。八歳違いか。いいか、兄弟子の言うことをしっかり聞いて、精出して仕事を覚えるんだぞ」

とりあえず見習いにしてやろうという合図らしく、武造は「栄どん」と声を上げて顎をしゃくった。

栄次郎《こいつ》はその子を手招きした。台所《だいどこ》へ連れて行き肩に手を置くと、ごつごつと骨ばかりである。

（えら痩せやな）

小首をかしげた。

（ろくに喰わせてもろうてへんにゃな）

頬は痩《こけ》ていて肉がなく、まるで楊枝に目鼻をつけたような身体だった。栄次郎はしみじみと同情する顔つきになった。

（やれやれ、これでものになるのやろか）

店の煤けたランプの所為か、顔色もずず黒く見える。しかも頭は、豌豆《えんどう》大の白癬《しらくも》だらけである。当時、白癬頭は丁稚の蔑称といわれ、店でも忌避されていた。着ているものはボロと見紛うばかりの酷さだった。

木綿絣の着物は継ぎの上に継ぎが重なり、木綿の足袋も左右で色が違う。

（あきれたもんや）

同じ継ぎでも実の親ならばこんなぞんざいな縫い方はしないだろう。

（養い親にも、ひどー、どやされてたな）

いじめは経験があるだけに、栄次郎の心が動いた。

「名前はなんちゅうたいね？」

「房次郎いいます」

ひゅうと息を吐き出して、栄次郎は首をすくめた。

「えろう、グツ悪い」

「？」

「ここのお内儀さんの名ぁがな、フサちゅうにゃ」

「へえ」

「どうしょうかいな」

まさか房と呼び捨てにしたり、房どんと呼ぶわけにもいかないだろう。栄次郎は頭をひねった。結局呼び名は、次郎どんということに落ち着いた。

困ったのは衣服だった。着たきり雀の着物には虱がたかっていた。夜になって温まるともぞもぞと痒くなり、蒲団の中で掻きむしる。痒さは痛みの変形だから、辛さは只事ではないらしい。

「おいおい」

横で寝ている職人たちも、たまったものではない。栄次郎が見かねて、井戸端に連れ出したものだ。

「虱たかりは嫌われるでぇ」

火を熾《おこ》した七厘《かんてき》を据え、大きな古鍋を持ち出してきた。

「ええか、虱を退治たる」

栄次郎はせかすように言った。

「はよ、脱ぎぃ」

「へ？」

「着物を煮るにゃ。ぐずぐずしてたら、乾かへんやろ。着物が」

着替えもないので、すっぽんぽんの裸のままで待つしかない。

「そのすこたん（頭）、もっとこっちゃべらへ出し」

栄次郎は房次郎をつかまえて、井戸端でざぶざぶと水をかける。

日差しがきつくなっていたが、風が吹くと首筋や背中が寒い。少年は犬の子のように、ぶるんと顔の水を切った。

手拭で背中を拭いてやると、まだあちこちに青痣が残っていた。坂本の養家で、よほどひどく打擲《ちょうちゃく》されていたものとみえる。

（こんなチビをしばいて、何が嬉しいのやろか）

鼻につんと来た。あわてて、それを隠すために、栄次郎はわざとぶっきらぼうに言った。

「これは深切ちがうでー。シラミ移されたら、わしがかなんさかい、しょうことなしにやってるのやで。ええか、風呂屋へ行ったら、耳の後ろをよう洗えよ」

鍋の中では着物がくつくつ煮えている。栄次郎が竹箸でかき回すと、虱が綿ゴミのように浮き上がった。

「ついでに言うたる。奉公の間は、どんな時でも他人様《ひとさま》に下駄をはかしたらあかん」

「？」

「他人様に、何々してあげた、これもしといたげた、という押しつけの下駄や」

恩を着せても、見返りを求めてはいけない。すべて忘れる。きれいさっぱり忘れて、ひたすら奉公に励むこと。人間、卑しい行いさえしなければ、どこでも生きていける。

「ほたら、死んで閻魔はんのとこ行っても胸が張れるで」

それは本音だった。

もじもじしていた房次郎が、急に顔を上げた。

「兄《あに》さん。わし、大きゅうなったら、苛めた奴らを見返してやりたいのどす。何が何でも、奴らをびっくりさせるような、偉い人間《もん》になりとおす」

偉い人間、と聞いて栄次郎は破顔した。

「ほたら、せーだい気張って、誰にも負けへん器量を身につけたらどうや」

「教えとぉくれやす、兄さん。何でもやります」

房次郎は必死に食い下がってきた。

「そやな」

と頭をめぐらして、

「とびきり素晴らしい文字を書く腕前ちゅうのんはどうや。たとえば入木道《じゅぼくどう》」

軽い気持だった。栄次郎自身も得手《えて》であったから、つい口走ったにすぎない。ところがこの一言が、やがてこの子の運命を変えることになる。

思いもよらぬことだった。

「じゅぼくどう？　それはなんどす」

「中国の王羲之ちゅう書道家の話や。彼の人が木ぃに書いた文字は年輪の三分、いやいや七分くらいの深さまで、墨が染み込んでいたらしい。筆力が強かったんやろか、威勢がよかったんやろか。ほんで、昔から書道のことをこう言うにゃ」

「わし、字ぃ書くの好きどす。筆で文字を書きとおす」

少年は、たちまち身を乗り出してきた。

決断は早かった。

やるか。やります。よぉし。やらしとぉくれやす。啐啄同時《そったくどうじ》であった。

栄次郎は以前にも、新入りの丁稚に文字を教えたことがある。年端も行かぬ子どもの相手をするには、根気が必要だった。すぐに分かる子もいれば、口を酢にしても出来ない子もいた。幼い頭に染み込ませるには、ただひたすら練習を繰り返すしかない。持って生まれた才能の差は大きいと思ったものだ。

（さて、この子はどやろ）

「兄さん、よろしゅうお頼《たの》申します」

少年は裸のまま、ぺこりと頭を下げた。

翌日から手解きが始まった。

もっとも親方には内緒だったから、早朝の一時《いっとき》や就寝前のわずかな時間を盗んで筆を走らせる。筆は、店の廃品をもらい受けた。もちろん墨も紙も買えないので、拾ってきた瓦などの上に水で書くのである。

筆の持ち方は、構えを決めて、永字八法の側《そく》から教えていった。側、勒《ろく》、努《ど》、趯《てき》、策《さく》、掠《りゃく》、啄《たく》、磔《たく》と基本の八点画を教えると、房次郎はたちまち会得してしまう。しかも、どういうわけかすぐに暢達《ちょうたつ》な文字を書いた。

(なんと)

これには魂消たものだ。

(まてよ、初めから手離しで褒めたら、あかんやろ)

迷ったものの、おだてることはやめて、

「まだまだ。そんなイキったら、あとが続かへんで」

そしらぬ顔で、栄次郎はもう一度、もう一度と稽古を続けさせた。相手は必死の形相でついてくる。上手く筆が走っていても、こちらは更に意地になってやり直させる。

（ちょっとやり過ぎかいな）

と思ったほどだった。

しかし、どんなに厳しく手直ししても、翌日にはちゃんと修正してくる。

（おっ、猪口才《ちょこざい》な、ちっこべのくせして）

栄次郎は内心、驚嘆しつつ、気合を入れ直すことも忘れなかった。

（ふん、この歳で達者やな。これはあなずると、えらい目にあうかもしれん）

学ぶは真似るからきているという。

なにごともまず技芸は模写からはじまる。

基本を苦もなく覚えると、房次郎の筆は勢いを増した。ただの器用というものではなかった。手本を与えると、身体を駆使してそっくりの文字を書くことができた。

（天稟《てんぴん》ちゅうもんか）

首をひねった。

一日、栄次郎は行李の奥にしまってあった黄庭堅、顔真卿、王羲之などの名跡の法帖を取り出してみた。

考え込んだ。これを臨模して手本を書いてやるより、直接このまま渡すほうが手っとり早い気がする。しかし、それでは兄弟子の沽券にかかわるではないか。

房次郎の吸収が早過ぎて、恐ろしさが先に立つようだ。こんな不安な気持は初めてだった。いつか、追い越されて兄弟子の地位がゆらぐかもしれない。

もうほどほどにして、止めるか。本来なら、この手本だって見せてやるには及ばないのだ。

(そや、そこまで、こせ〔世話やき〕すること、あらへん。止めとこ)

そう思いつつ、房次郎の熱心さにはほだされるところがある。

(あんだけきばってるし。こっちも受け止めてやらなあかん。うーん。いやいや、そこまでせんでもええのとちゃうか)

さんざん迷った挙げ句、
とため息をつく。

(なんでこんな、しみったれなんやろ)

己にこういう毒気があるのも、意外だった。

どうして法帖を見せてやるのが、こんなに惜しいのだろう。この心の揺れようは只事ではなかった。もしかすると、あまりに房次郎が能筆なので、嫉妬しているのかもしれない。

(嫉妬？　何を阿呆な)

こうなったら、もやもやした胸のうちを洗い流さねばならない。栄次郎は虎の子の手本を見せてやる決断をした。

「ひぇっ、ほんまどすか。ほんまにこの法帖、貸してくれはるのどすか」

これを臨模すれば、一人でも上達の道がつく。房次郎の喜びといったらなかった。

手本を横に彼は瓦に水で字を書き、雑巾で拭き消している。乾くとまた筆をとる。

よく見ると、まるで黄庭堅や顔真卿や王羲之の文字の精神《こころ》まで吸い取ったかのように酷似している。これには恐れ入ったものだ。

そこまでいくと、もはや、毒気も嫉妬も憎悪も消え失せて、

(いやはや)

と栄次郎は笑い出した。いつもの篤実な顔にもどっている。

「よぉし、この法帖。てんぽの皮やけど、おまはんにくれてやろう」

きょとんとしていた房次郎だったが、意味がわかると息を呑んだ。

「ひえっ」

と声をあげた。

「嘘や」

「……嘘やない」

「わし。いっつも叩かれたり、蹴られたり。苛められるのんは、あたりまえやと思てました。そやさかい」

こんなにおかげをもらったことはない。

うつむいていた顔をくしゃくしゃにして、

「おぉきに」

と栄次郎の胸にすがりついた。

「まてまて。手本があったかて、その通りに書くだけなら誰でも出来る。おまはんは器用貧乏ちゅうところがある。書の修行は、心がけ次第や。後々、手本を嚙み砕いて己のものにできたら、その時こそすっくり、財産になるんやで」

その声で、房次郎は堰を切ったように泣きはじめた。

「なんや、これくらいのことで男がめそめそするもんやない」

栄次郎はわざと空惚《そらとぼ》けて上をむいた。

○

それから後の魯山人の活躍は、美術史に詳しい。京都の六角堂などで催された一字書きで、たちまち頭角を現す。何十何万通の応募者のなかから天地人の順位に残り、賞金を獲得していった。

明治三十七年（一九〇四）、二十一歳の若さで「日本美術協会」主催の展覧会に「千字文」を出品。褒状一等二席を勝ち取る。

三十歳を過ぎてから美食に目覚め、それを供する器に興味を抱き、陶芸家として名を馳せた。生涯に作成したやきものの数は十万とも二十万ともいわれている。同時代でこれほど厖大な数をこなした作家は、他に見当たらない。

また七十歳過ぎに重要無形文化財保持者、いわゆる人間国宝の受諾を、頑強に辞退したのは特筆しておいていいだろう。それも一度ではない、数回に及んだ薦めを断った経緯には、魯山人の明快な意思が感じられる。

水野栄次郎が亡くなったのは、昭和十八年（一九四三）七月五日のことだった。その数カ月後、魯山人が鮟鱇屈《あんこうくつ》を訪ねて来る。

「水野兄《あに》さんには口に言えんほど世話になったな。兄さんに助けてもらわなんだら、今ごろ何してたやろ。あの顔真卿の手本の籠字を、こうするんやて、手ぇをとって教ぇてくれたのも兄さんや。わしの命の恩人やと思てます」

書や篆刻の基本を教えたばかりではなかった。魯山人が朝鮮に渡るための旅費を工面したり、看板の註文を請け負って、制作させたのも栄次郎である。

だけでなく、女癖の悪い魯山人の後始末をつけようと、調停役まで買って出て、女性たちの間を駆けずり回ったのだった。これはもう、兄弟子の範疇を超えている。

栄次郎の死を聞き、彼は嘆息した。

「そうか、亡《のう》ならはったんどすか。うーむ。それやったら、恩返しは息子の八百喜はんにせなあかんな」

恩返しに草を結ぶといってもこんな事しかできないのだがと言いつつ、長男の東洞（八百喜）に、「隨緑艸堂《ずいろくそうどう》」という堂号を譲った。

これは魯山人が上海で、呉昌碩から恵賜されたものである。こんな貴重な堂号をぽんと差し出すほどだから、いかに栄次郎に恩愛を感じていたか、推して知るべしである。

さもなければ、天下の呉昌碩から賜った逸物を軽々しく譲るはずがないであろう。

帰り際に、東洞は思い切って訊ねたものだ。

「もう、篆刻はやらはらしまへんのどすか」

その折、魯山人の呟いた言葉を東洞は生涯忘れなかった。

「ふふ。私は陶芸家と違う。やきものは余技や。そら向こさんがそう呼ぶのは勝手やけど、いずれは篆刻にもどるつもりどす。やきものも、絵ぇも書も、すべて篆刻の糧どすがな。ここまで、きばってやってきたのは、なにしろ篆刻を極めたいて、兄さんに約束したからや。きっとええ判子を彫りまっせ。もうちょっと待っといとくれやす」

眼鏡の奥に、目玉が光ってみえた。

現在水野家には河津家から引き継いだ「鮟鱇屈」、栄次郎の「弘技堂」、八百喜（東洞）の「随緑艸堂」、水野恵の「滕六齋」の四号が並ぶ。

鮟鱇屈

明治四十五年（一九一二）六月半ば、四条大路は市電開通で大賑いだった。沿道には毛氈を敷いて、電車が通過する度に盃をあげる者さえいた。

栄次郎が納品から帰ると、上がり框に真新しい下駄が揃えてある。客は京都印章版面業組合委員の真鍋庫之助だった。

商人はまず足元で客筋を値踏みするものだ。履物を直す折りに、ちらりと覗いたが、桐台に天鵞絨《ビロード》の鼻緒をすげた下駄は、四条河原町の老舗小西屋の焼き印が入っている。同業者ながら、羽振りのよさが知れた。

「おこしやす」

と腰をかがめると、

「お留守に上がり込みまして」

如才ない物言いだった。

「えらいもんどすな。もう乗らはりましたか、あの電車ちゅうもん」

真鍋は坐り直す。

「なかなか」

と栄次郎は頭をかいた。

「あんさんも片意地やな。電車くらい乗っても罰はあたりまへんやろ」

ふわっふわっと真鍋が声を立てて笑う。

栄次郎もつられて軽口を叩いた。

「そんな暇はおへん。あれは運賃が高こおす。おまけに待ってる方が長いんどっしゃろ。金を払うた上に時間を無駄にするくらいなら、しやおへん。足をこう右左に出して歩いたらよろし。じきにどこでも行けますがな。貧乏は達者のもと、とはよう言うたもんどす」

「はは、あんさんらしい言いぐさや。ときになんどす。ひとつ相談に乗っていただけまへんやろか」

真鍋は、ときどき面白い仕事を持ち込む。

日頃から栄次郎の腕を高く買っていて、その信頼も厚いのである。

「？」

「さる大店から店の定紋について、ご教示賜りたいちゅうて来ましてな。そこは丸に大の字ぃを使うたはりますにゃ。けど京都だけやのうて、津々浦々でこの紋はたんとありますやろ」

「丸に大なら、はぁ、そらそうどすな」

「この度、経営不振の梃入れで、あこの四条高倉にインドサラセン風の三階建ての店舗を新築《たて》ることにならはりましたんやて。加えて商品登録たらいうもんもするそうどす」

「ほう」

「けど、ただの丸に大ではどうにも区別がつかん。他の店とウチは違う、特別やァ、ちゅう目印のようなもんが出来ひんかちゅう依頼どすにゃ。私もせんど考えたんやけど、ええ案が浮かびまへんにゃ。そや、これは水野はんに打って付けの仕事や思いましてな。なんぞあらしまへんやろか」

「ふーむ。丸に大、どすか」

栄次郎は腕組みをして首を捻る。

「ちょっと待っとおくれやっしゃ」

と、雄勝硯《おがつすずり》を取り出し、ゆっくりと墨を磨り始める。

こうやって、あれかこれか考えるのが、栄次郎の最も心弾む一時である。夜業《よなべ》続きで身体は疲労の極致なのに、難問がくると途端にどこからか力が漲《みなぎ》るようだった。

栄次郎はふと閃《ひらめ》いた案を言ってのけた。

「こうっと。ふん、それやったら、いっそ髭《ひげ》文字はどうどす」

「へ、髭文字?」

真鍋は意表を突かれたように、へええ、と唸って、すぐに身を乗り出して来た。

栄次郎は顎を撫でながら、

「大という文字の第一画の頭にまず、こんなふうに三本髭を足しまっしゃろ」

美濃紙に筆で横画を引き、縦画を左右に払って大の字を書く。それから、第一画の角に、ぴんと細い髭を三本伸ばした。

「第二画の左払いは、一本に纏《まと》めんと、こういうふうに稲穂みたいに広げるのどす」

「ほ、なるほど」

「ひいふうみいよういつ、と五本の髭をつける」

「はぁ」

「最後の右の払いは、さらに二本ふやして七本髭にしますにゃわ」

「へぇぇ、なぁるほど、こりゃぇぇワ。なんゃ知らん大の字ぃに力がこもって、しかも見た目ぇがぱりぱりっと華やかになりましたな。面白おす」

「それだけやおへん。右から順に読むと七、五、三。易学の陽の奇数で、めでたい縁起物になりまっしゃろ」

「これはこれは」

真鍋は首を振って、感に堪えないという顔をした。

栄次郎は澄ました顔でにたりと笑う。

美濃紙を高く翳《かざ》すと、在《あ》り来《きた》りの「大」という文字が一皮剝けたように輝いている。

髭文字の麗《うるわ》しさが、文字全体を引き立てて人目を惹くようだ。

商いにはお誂向きの紋章かもしれない。栄次郎は少し胸を反らした。

そこを捉えて真鍋はすかさず畳みかけた。

「水野はん、さすがやな。脱帽どす。ほんでこれをきっしょに、も一つ。印章版面業組合の評議員に推薦さしてもらいます。こんな確かなお人はおへん。よろしな、な。やれよかった」

（しもた）

役職ほど苦手な物はなかった。

調子に乗ったばかりに断りきれず、結局は真鍋に一本取られた形だった。

翌七月に天皇が崩御されて、五日間歌舞音曲の停止《ちょうじ》となる。

明治天皇と諡号《しごう》され、東京での大喪儀を経て、九月十四日に京都伏見で埋葬されることとなった。およそ数万人が参列して、群衆は黒幕を背に、提燈、弔旗を掲げ十時間にわたり待たされ続けた。手洗いもなく、小用のための袋まで売り出される始末だった。

○

一通の手紙が届いたのは大正二年（一九一三）の正月、松納めの頃だった。

越前和紙に御家流で、

「拝啓。今夕《こんせき》一会致し度存候。祇園夕顔にご来駕下され度、まづは右ご案内迄早々不一」

とある。

封筒の差出人は、京都夕刊新聞顧問の佐藤信夫だった。

顧客大手の新聞社から何を言い出されるのだろう。もしや取引中止では。栄次郎は不安な思いに駆られた。しきりに首を傾げていると、

「そやけど、仕事を断る為に、わざわざ祇園へなんぞ呼び出さしまへんやろ」

するゑは、鏡開きの餅を切りながら笑う。赤や青の黴は包丁の先で丹念にこそぎ取り、

「考え過ぎどすぇ。按じる（餡汁《あんじる》）より芋汁《いもじる》て言いますがな」

と平気な顔だった。

それもそうやとは思いつつ、

「あんたみたいにおめでたいのもしらん。ノツコツするワ」

ふんと鼻を鳴らした。

昼からの雨が霙《みぞれ》に変わった。栄次郎は時間を惜しんで、出かける間際まで判子を彫り続けた。

するゑは、

「その常着では失礼どっせ」

と一張羅を用意したが、目もくれようとしなかった。

ただ前掛けを外し唐桟《とうざん》の仕事着の肩に、仕方なく羽織だけは打ち掛ける。あとは番傘に首巻という地味な恰好で店を出た。

たとえ収入があっても、一向に辺幅《へんぷく》を飾ろうという気がおこらない。身分不相応な贅を尽くすことは好まず、金があれば篆刻修行の為に使いたいと思うのである。これは性分だった。

ぬかるんだ足元で、歩きにくい。

家並も生け垣も鈍色に染まり、雨氷《みぞれ》が滴り落ちている。

(水雪《みずゆき》。そや、郷里では霙《みぞれ》のことを水雪と言うたな)

不意に、そんな些細なことが思い出される。番傘を持つ手が凍えた。

○

「これは水野はん。えらいお世話かけてしもて、きがずつない事どすな」

新聞社顧問の佐藤は栄次郎を上座に据えた。

五十過ぎの身体はでっぷりと太り、酒焼けしたような赤ら顔に小さな目が光っている。

「お店もご繁盛で結構どす。なんしか、急に判子が要る時は水野弘技堂に限るて、専らの評判どす。中京郵便局に近うて、十分間お待ちの間ぁにすぐ彫って貰えるのは此処だけやさかい。そら好評嘖々《さくさく》どす。ほんに、たまらん腕どすな」

確かに、栄次郎の印は早い上に一点一画に揺るぎがない。それもこれも、厳しい修錬の賜物だった。

佐藤は職掌柄、上手にものを言う。栄次郎が恐縮すると、大口を開けて笑った。煙草の脂《やに》に汚れた歯が見える。

「実は、ほかのことやおへん」

佐藤は坐り直すと、改まった表情で続けた。

「印判司の河津勇蔵はんのことどすにゃ」

「はあ」

「知ったはりますやろ。去年の夏に亡くなって、ご存じのとおり子たちがない。つまり跡継ぎがありまへんにゃ。ほいでその河津家の後継をどないしょ、ちゅうご相談どすにゃワ」

（……）

栄次郎は胸の息苦しさを覚えた。

佐藤は続ける。

「釈迦に説法とはこれかもしれんが、怒らんと聞いとくれやす」

河津の家は江戸時代此の方、御所の御用印判司を務めていた。

「河津家の家訓はなかなか厳しいらしいのどす。昔から臣下の使うものはただの印やけど、天皇さんのお使いになられるものは璽《じ》と言うて、これを作るときは精進潔斎、斎戒沐浴。命がけで彫ってきたそうどすな」

御一新で喜んだのも束の間、河津家にとって東京への遷都は肝が潰れるほどの衝撃だった。主は、千年の王城の地を離れる気はないと頑固に踏み止まってきた。

「そうどす。職人には職人の誇りちゅうもんがありますわな。河津はんもお上の命令を撥ねつけて、あの粽《ちまき》の川端道喜はんと一緒にここに残るいうて、気張って判子を彫ったはりましたのやけど」

跡継ぎに恵まれなかった。

主人が他界し、家も人手に渡ることになったが、印判司「鮟鱇屈」の看板屋号だけは守りたい。誰か継いでくれる職人はいないだろうか。八方手を尽くして捜したという。

きっかけは、先年の第一回彫刻印刷競技会である。栄次郎は気がすすまなかったが、京都印章版面彫刻業組合から、

「どうしても誰か出さんならん」

という半ば特命を受けて白文方印を出したところ、見事金牌一等賞を獲得したのだった。

「あの『天壌無窮《てんじょうむきゅう》』はよろしおした。文言が効きましたな。それにあの陰刻の大きさどす。桜の三寸角どしたか。審査員は松邨乾堂《まつむらけんどう》、つまり六々さんと、槙岡蘆舟《まきおかろしゅう》、鹿《か》子木孟郎《のこぎたけしろう》ちゅう錚々《そうそう》たる目利きたちが、満場一致で水野はんの印を第一等賞に推薦《おさ》はりました。よろしおすか、京都で一番ちゅうことは、扶桑《ふそう》第一ということどっせ。白眉や、えらいこっちゃ」

佐藤は唇をなめた。

「鮟鱇屈の跡継ぎという、その白羽の矢ァの立ったのが、水野栄次郎はん。貴方はんどす」

「そんなん、藪から棒に言われても」

「そやけど捜してみても、なかなか後継者はあらへんもんどす。帯に短し襷に長し。けど、なんでこの話を貴方はんに持って来たかちゅうと、自在な腕と人品骨柄、奥床しさ、これに尽きますにゃ」

佐藤の煽ての言葉は尻こそばゆかった。面と向かって褒められることほど、坐り心地の悪いものはない。栄次郎は目のやり場に困って、ただ羽織の紐ばかり見つめている。

あれはまだ二十歳の頃だった。栄次郎が福田印判所で奉公していたとき、思いがけず持ち込まれたのが鮟鱇屈からの縁談である。

第四回内国勧業博覧会で二等賞の腕を見込まれ、婿養子にという有り難い話だったが、躊躇している間に娘は病死してしまった。

博覧会々場で、たった一度だけ顔を逢わせた姿が蘇る。

(えもいわれぬ別嬪さんやったな)

ふと目の前に、生々しい娘の匂いが立籠めるのを感じた。

白磁のような肌と、切れ長の眸が座敷の襖の影に泛び上がる。

十八年も昔なのに記憶は全く色褪せず、それからそれへと、回り灯籠のように情景が浮かんでくる。

栄次郎は狼狽して、眼を閉じた。息苦しいほど動悸がする。針のような痛みも感じた。

しかしその痛みも、この歳になればむしろ快いもののように思える。

ゆっくりと嚥下《えんげ》してから呟いた。

「さて、難問どすな」

ふつうの声が出た。

「ま、急《せ》いて急かんお話どす。慌てて今、お返事がどうこういう訳やおへん。それに、ややこしい話は何もありまへんにゃ。本来なら、何某かのお宝がつく所かもしれまへんが、綺麗さっぱり、ご互い無償ということどすわ」

佐藤は軽く咳払いをして、念を押す。

「鮟鱇屈」という看板を拝領するにあたって、付き物はなんにもなかった。

「実はな、これ言うていいのかいな。ま、だんないやろ。後月《あとげつ》に六十過ぎくらいの女《おなご》はんが、お店に来ぃしまへんどしたか」

栄次郎は、むむと首をひねった。

そういえば、それくらいの年恰好の女が印の註文に来たことがあった。あれはまだ方々の寺の境内で、落葉焚きの白い煙の上がる頃だった。

「この古い古い印どすけど、模刻してもらえまへんやろか」

「拝見いたします」

奉書紙の印影を覗いた。

そこには「勿折角勿巻脳勿以墨汚勿令鼠齩勿唾幅掲」とある。一寸五分角ほどの木印の蔵書票だった。

(ああ、なるほど)

読み下すまでもなく、印文の内容は、本の角や頭を折ったり巻いたりしないように、墨で汚したり鼠に齧られたり、唾をつけないようにという注意書きである。

こういう書痴からの依頼は多いもので、原点は元代の文人、趙子昂《ちょうすごう》の著名な句である。栄次郎も古本で見かけて、余りに面白かったので密かに書き取っていた。

「蔵書印どすな」

「どうどすやろ、印もへタってますから模刻をお頼申します」

「そら、なんでもやらしてもらいますけど、模刻というのは偽造になりますさかい。そうどすな。このままの文言で文字は手前の店でおまかせ願えまへんやろか」

「模刻はおいやどすかぇ」

「それもありますけど、ついでやさかい申しときまひょ。えらい失礼ながら、この陽刻は肥瘦《ひせき》も墨溜りも無《の》うて、ばらばらどすな。まとまりがおへん。じじむさい。いっぺん新しいのを誂えはったらどうどす」

栄次郎の言葉に女は、はっと息を呑んだ。驚きというか、ややあきれた表情が浮かんでいる。

「いや、そうどすかぁ？　今まで、色々なお方にお見せしましたけどぉ、これを貶《けな》したんは、あんさんが初めてどす。随分、はきはき物を言わはりますな。たしか、水野栄次郎はんどしたな」

そこまで聞いて、ははは、と佐藤は高笑いをした。

「それやそれや。そうか、模刻を断らはったんかいな」

「いや、断ってしもたというか、もともとの印影が一見、てんご彫りのようで気に入らんもんどしたさかい、ついほんまのことをぽろっと」

栄次郎も頭をかいた。本当にあの時はどうかしていたのである。

職人が客の持ち物を貶《けな》すなどあるまじき行いだった。それは、よくわかっていた。

模刻を依頼されたら、早速やらせていただきます、と頭を下げるのが商売上手というものである。にもかかわらず、せっかく良い文言をこんなふうに彫っては、もったいないと力んでしまった。

何か見えないものが栄次郎の背後で働いたとしか思えない。

「そのおなごはんが鮟鱇屈の内儀《おかみ》やったんどす。ははん、水野はんがあんまりツケツケもの言わはったので、度肝を抜かれたんどすやろ」

「え、あのお人が」

知らなかった。

「内儀は褒めたはりましたで。骨のあるお方どすなぁて。あの水野はんなら、鮟鱇屈にとっていささかも不足はござりまへんと」

「そんな」

「ま、そやけど、縛られることはないと言条《いいじょう》、これはただの看板やおへん。江戸期からの歳月と職人魂が隠もってます。金銭尽くでは手に入りまへん」

「……」

栄次郎は、なんとか心を抑えようと努めている。寒の内というのに、脇の下ににじわりと汗が流れる。

果たしてこのまま引き受けるべきか。喉がカラカラに渇いた。

○

ひと月の後。

「今もどった」

「お早いおかえりどすな」

栄次郎は一反風呂敷の大きな包みを抱えたまま、そそくさと奥の間に入った。

するゑが番茶を持っていくと、御灯明を点した小さな仏壇の前で手を合わせていた。

見るからに年代物の看板が立てかけてある。

「はあ、これがあれどすか」

するゑは目を細めて、正面から向き合った。

「ソヤあれがこれや」

栄次郎は首の灸の跡を指先でさわって、大きく息を吸い込む。

昨夜、肩の痛みに堪えかねて艾《もぐさ》を据えたが、痕ばかり残ってそれほどの効き目はないようだ。

夫婦で禅問答のようなやりとりをしているのに、栄次郎はくすりとも笑わない。

ただ蒼古とした看板を見つめたまま腕組みしている。

「さあ、どないしょ」

ぽつりとつぶやいた。

今までの水野弘技堂という看板だけなら、責任は己一人でかぶればよい。

しかし、「鮟鱇屈」を掲げる以上、老舗の三百年からの伝統や遺風まで背負うことになるのだった。ただの板切れではない。

「河津はんはこれを誇りにしてきやはった。見てみい。その身を砕いた魂がしっかり憑依《つい》てるがな。ずしりと胃の腑に堪《こた》えるはずや」

以後、看板を汚すような真似はもちろん、これから先、どんなことがあろうとも、命懸けで河津家の暖簾を守っていかなければならない。

これまでのように、

「あかなんだら商売替えしたかてかまへん」

などと、暢気な世渡りでは保持《もた》ないのだ。背水の陣だった。

「そないキナキナ思わんかて、ええのと違いますか」

「ふん、はじめはそう思てたけどな。これを担《かた》げたとき、なんやこれからザンナイことできひん。それが胸に堪《こた》えて」

話を受諾してから、それだけの覚悟は出来たつもりだった。いやそのはずだったが、いざ目の前に看板を突きつけられると、さすがに腹の底がすくむ思いがする。

金沢から志を立てて京へ上り、あれから二十五年が過ぎた。

立身出世かどうかは分からぬが、それでも京都の目抜通りに店を構えて、判子屋の中で、「水野弘技堂」は一頭地を抜くと噂されるまでになった。

その自負があったればこそ、佐藤から名指しされても怯まなかったのである。功名心も頭をかすめた。

「恐ろしいもんやな。なんや知らん……この中から、うじゃうじゃ、うじゃうじゃ、職人の気合が湧き出てる。たんと見える。どうや、あんたも見えるやろ」

「さあ、ドンやさかい、ちょっとも分からしまへん」

すゑはからりと襖を開ける。

台所へ行くと徳利の栓を抜き、酒を片口に注ぐ。そのまま、捧げ持つように運んで栄次郎の前に据えた。

茶碗の番茶を捨てて、とくとくと注いだ。

「お祝いどす。そんな陰気な顔してたらあきまへん。これでしっかり店の恰好がついたと、喜びまひょな」

栄次郎は驚いたように眼を見開いた。

「あんたテいう人は」

極楽蜻蛉《ごくらくとんぼ》やな、と言いかけたものの、

(まてよ)

今はそれが救いかもしれないと考えを改めた。

すゑは、もう笑みを浮かべている。

「そない深《ふこ》う考えることあらしまへん。どう転んだかて、人の一生は高が知れてます。

今までと同じように働いたらよろしおす。今が一番若うて、働き盛り。今しかおへん」

　あ、と栄次郎は息を呑んだ。

「そやな。今ここしかおへんのやわな。昔は過ぎ去ったことやし、明日はまだようわからへんこと。確かなんは、今ここや。今しかおへん。はは、あんまり気の重い看板背負《せたろ》うたさかい、ついよろめいてしもたけど、考えるのやめとこ」

　きっぱりと顔を上げる。

「このままや。このままで下向いて、判子だけ彫っていこ。けど、あんたのしゃべりと、せつろしいのは願いさげや」

　と吹き出した。

　勧められた酒を口に含むと、ふっと身体から力が抜けたような気がする。胸の震えも止まっていた。

　栄次郎は呪縛から解かれたように首を振った。

　するゑは羞じらうように、

「ひと口お相伴《しょうばん》させとくれやす」

と言って、クックツ笑った。

○

「栄次郎はこんなふうに、篆刻一筋の爺さんどした。そうそうこんな話もおす。親爺の八百喜が小学生の頃。珍しく親子で大津へ遊び行ったんやそうどす。当時、あそこには何がありましたのやろ。ま、三井寺へ行って、弁慶のひきずり鐘や一切経蔵、三重塔を見て、長等《ながら》神社の門前では大津絵でも眺めたんどっしゃろ。天智天皇の御代に、大津は志賀とよばれて都がおかれてました。いにしえの都を偲んで、『近江の海　夕浪千鳥汝が鳴けば　心もしのに古思ほゆ』と言いながら、琵琶湖を眺めたかもしれまへんな」

三井寺の鐘は日本三名鐘のひとつで、慶長七年の鋳造だった。鐘も撞く人によって響きが違うが、この音は嫋々《じょうじょう》として一里四方に聞こえたという。

「あるいは、栄次郎は謡が得意どしたさかい、案外、〽秋の夜すがら月澄む三井寺の鐘ぞさやけき、と『三井寺』の一節を唸ったかもしれまへん」

茶飯や力餅で腹を満たして二人はご機嫌だった。陽も西に傾いたころ、晩鐘の響きに栄次郎はハタと立ち止まる。

懐から財布を出すと、中身をしげしげと見つめた。

「あかん、帰りの汽車賃あらへん」

「あらへんて？」

八百喜も覗き込んだ。印伝の皮財布だったが、小銭がぱらりとしか残っていない。

「ここが栄次郎の奇妙《おかし》なとこどす。大人なら、あらかじめ帰りのお金くらい見積もって、呑んだり食べたりしますやろ。それが仕事以外はまったくあかんのどす。そういう肝腎のところがぽろりと抜けてますにゃな」

八百喜も事の重大さが判らない。

「おとうちゃん、ほなどうする？」

父親の顔を神妙に見上げる。

「どうするて、そやな。あるだけの金で汽車に乗って、あとは歩かなしゃあない」

二人は大津、馬場から逢坂山を経て、山科で汽車を降りる。

「あの頃、九条山の新道が出来ていたのかどうか、わかりまへん。とにかく、二人して旧街道をぽくぽく歩いたそうどす。親爺の話ではその折、火の玉を見た見たと威張ってました。まだ明治末ごろは、九条山裏手の粟田口刑場跡が、そのまま残っていたらしおす」

結局、下駄をすり減らして、我が家にたどり着いたのは真夜中だった。

やきもき心配していたすゑは、呆れて言葉もなかった。

「仕事以外では、そんなふうにおおどかな人どした。そうそう、も一つ。奥の座敷の電灯の笠に、何べん頭をぶつけましたやろ。そこにあることが分かったはるのに、仕事に夢中になると何も見えへんのどす。ちょっとも気が付かん」

ぱっと立ち上がって、思い切りぶつける。そのカーンと当たる音が、よく響くのだった。

「うちの番頭が、ああ、また大旦那はんがぶつけはったと声上げて。髪の毛ぇがないさかい、笠を割ると怪我しますにゃ。しょっちゅう禿頭のあちこちに、絆創膏《ばんそうこう》貼ってました」

水野恵の話は、まだまだ続いていく。

この作品は二〇一三年一月から十二月まで「京都民報」に連載されたものに、加筆・修正をしたものです。

捨近
謀遠

参考資料

○滕六齋印彙　水野恵　芸艸堂
○日本篆刻物語（はんこの文化史）水野恵　芸艸堂
○印章篆刻のしおり　水野恵　芸艸堂
○古韻体書典（さびの書の魅力）水野恵　芸艸堂
○鮟鱇屈印譜　水野恵
○随緑艸堂印存　水野東洞
○養素齋印譜　解説水野恵　芸艸堂
○橋本関雪印譜　水野恵編　東京堂出版
○河井荃廬の篆刻　西川寧　二玄社
○京都学　村井康彦・中村利則　京都造形芸術大学
○京都百年パノラマ館　淡交社
○百年前の日本　モース・コレクション　小学館
○鉄斎・没後九十年　出光美術館

○鉄斎研究・第七三号（富岡鉄斎用印大成）　鉄斎美術館
○鉄斎展図録　鉄斎研究所
○大田垣蓮月　杉本秀太郎　淡交社
○景年画集　源豊宗　芸艸堂
○今尾景年花鳥画譜
○景年展図録　井原市立田中美術館
○竹内栖鳳　平野重光　光村推古書院
○原色日本の美術　26　近代の日本画　小学館
○現代日本の美術　3　京都画壇　小学館
○古筆方丈記　小松茂美
○墨香秘抄　小松茂美　芸術新聞社
○寛政版記録　信夫顕祖事蹟　わんや書店
○日本刀業物入門　光芸出版
○日本刀職人職談　光芸出版
○日本刀の鑑賞基礎知識　小笠原信夫　至文堂
○青眉抄　上村松園　三彩社

○北大路魯山人展　京都国立近代美術館
○北大路魯山人　白崎秀雄　文藝春秋
○「星岡」一号〜六十九号　星岡窯研究所
○京都（わが幼き日の……）湯川秀樹他　中外書房
○四季の京ごころ　松本章男　筑摩書房
○本屋一代記　松木貞夫　筑摩書房
○花洛（京都追想）松田道雄　岩波新書
○京都町並散歩　京都新聞社
○京のわる口　秦恒平　平凡社
○洛東巷談・京とあした　秦恒平　朝日新聞社
○京ことば歳時記　井之口有一・堀井令以知　桜楓社
○京都のことば　堀井令以知　和泉書院

至
則不論

川浪春香（かわなみ・はるか）
一九五一年生。札幌聖心女子学院卒。第十六回関西文学賞受賞。日本ペンクラブ会員。日本文藝家協会会員。詩集『川』（紫陽社）小説集『兄は光琳』『茶碗の中—光琳と乾山』『五風十雨—京の塗師屋ものがたり』『歌舞伎よりどりみどり／絵・川浪進』（以上編集工房ノア）『年齢は財産』共著（光文社）ほか。

今《いま》しかおへん
——篆刻《てんこく》の家《いえ》「鮟鱇屈《あんこうくつ》」

二〇一五年三月一日発行

著　者　川浪春香
発行者　涸沢純平
発行所　株式会社編集工房ノア
五三一—〇〇七一
大阪市北区中津三—一七—五
電話〇六（六三七三）三六四一
FAX〇六（六三七三）三六四二
振替〇〇九四〇—七—三〇六四五七
組版　株式会社四国写研
印刷製本　亜細亜印刷株式会社

ISBN978-4-89271-223-4

五風十雨　川浪　春香

京の塗師屋《ぬしや》ものがたり　伝統の京塗りの職人かたぎ。江戸時代の京のくらし図絵。奇縁と情がからみあう塗師屋の名人技の塗り文様。京情話。　一九〇〇円

兄は光琳　川浪　春香

天才光琳を兄にもった尾形乾山の葛藤。表題作「兄は光琳」他、人と人の因縁の表裏に生じるものを情趣ゆたかに描く女流の時代小説五篇。　二〇〇〇円

茶碗の中　川浪　春香

光琳と乾山　天才光琳の大胆華麗、地道に努力を重ねる乾山の情趣。対照的な兄弟の感性と技法を、鮮やか艶やかに織りなす琳派小説。　一九〇〇円

歌舞伎よりどりみどり　川浪　春香

絵・川浪進　絢爛豪華幻想世界にいざなわれ、粋で風流、機微情愛に泣き笑い。歌舞伎通いは浮き浮きと醍醐味伝える五十六題、画文観劇帳。　一九〇〇円

北條秀司詩情の達人　田辺　明雄

〔大阪文学叢書3〕「王将」「佃の渡し」「建礼門院」等、多数の名作によって現代演劇の最高峰に輝く北條秀司の人と作品の全貌を活写。　二二〇〇円

火用心　杉本秀太郎

〔ノア叢書15〕　近くは佐藤春夫の『退屈読本』遠くは兼好法師の『徒然草』、ここに夜まわり『火用心』、文芸と日常の情理を尽くす随筆集。　二〇〇〇円

表示は本体価格

天野忠随筆選　山田稔選
〈ノアコレクション・8〉「なんでもないこと」にひそむ人生の滋味を平明な言葉で表現し、読む者に感銘をあたえる、文の芸。六〇編。　二二〇〇円

私の思い出ホテル　庄野至
ノルウェー港町ホテル。六甲の緑の病院ホテル。ホテルで電話を待つ二人の男。街ホテル酒場の友情。兄の出征の宿。ホテルをめぐる詩情。　一八〇〇円

私の森鷗外・高瀬川　中川芳子
鷗外はなぜ『高瀬舟』を書いたか。ユウタナジーと、資料『翁草』鷗外の深層。38度線を越え京都へ引き揚げた私が重ねる想い。流浪の証言。　二〇〇〇円

戦後京都の詩人たち　河野仁昭
『コルボオ詩話会』『骨』『RAVINE』『ノッポとチビ』へ重なり受けつがれた詩流。京都の詩誌、詩と詩人を精緻に書き留める定本。　二〇〇〇円

木村庄助日誌　木村重信編
太宰治『パンドラの匣』の底本　特異な健康道場における結核の療養日誌だが、創作と脚色のある自伝風小説。濃密な思いの詳細な描写。　三〇〇〇円

大阪笑話史　秋田実
〈ノアコレクション・2〉戦争の深まる中で、笑いの花は咲いた。漫才の誕生から黄金時代を、世相と共に描く、漫才の父の大阪漫才昭和史。　一八〇〇円

彭

元祖
愚直